Le vivarium d’Aïcha

Halima Alaoui

Le vivarium d'Aïcha

Roman

LE LYS BLEU
ÉDITIONS

ISBN : 979-10-422-2641-1

À la mémoire de Lala Aïcha Cherifa

Chapitre I
Au pays des merveilles

Fête d'Achoura, la musique est partout, ça tambourine dans tous les coins, des youyous, des femmes, les corps conquis des jeunes filles attirant le regard des garçons et charmant les hommes. Cette fête est un mélange de pseudo-religieux, de traditions. Peu de monde peut expliquer pourquoi on célèbre cet événement, mais on y est tout de même. Les vendeurs d'instruments de musique traditionnelle ont pris place. Chaque marrakchi s'improvise musicien. Moi, je me regarde dans le miroir, je ne sais pas encore comment je vais m'habiller, me coiffer pour la soirée. Chez Oum Khala. nous sommes tous conviés, je retrouverai les filles, pour une nuit blanche et bruyante.

J'entends mon père m'appeler. « Aïcha, le thé est prêt ? J'arrive, père... » Je fais un nœud avec mes cheveux et je me dirige vers la cuisine... En flèche... Je vis avec mon père, Sidi Mohammed, mes deux frères, Mustapha et Malek, j'ai perdu ma mère, il y a longtemps. Elle est partie. Elle me manque. À chaque instant. Le jour, la nuit.

Le thé commence à déborder.

Ces derniers jours, je suis tête en l'air, je crois savoir pourquoi.

Je rapporte le plateau de thé au patio, là où mon père s'allonge, à l'ombre de notre oranger, c'est la pleine saison de la fleur d'oranger. Le printemps est ma saison préférée. Cette fleur est le symbole de la pureté et de l'amour. Les marques de l'espérance. Cette fragrance porte le souvenir de ma mère. Elle embaume tous les recoins de la maison. J'attrape quelques délicats pétales, pour parfumer mon thé. De merveilleuses délices. Je sais comme mon père aime cela.

Après son second thé, mon père me regarde longuement. Il me demande : « Tu ne veux pas te marier avec Abdeslam ? C'est un bon parti, comme ça je mourrai tranquillement… » Je le regarde avec surprise, je lui dis que je veux simplement travailler. Me marier avec cette personne ne me dit strictement rien. Je commence à rougir, car j'ai du mal à cacher mes mensonges. Moi, je veux me marier avec Mohamad, depuis que nous sommes vus chez Dar lmalaak, là où je travaille. Je suis la nounou de trois enfants : Khaled, Ibtissam et Nadia, et lui est le fils de la gouvernante de la maison, Lambarka. Il vient, chaque été, de France.

La gouvernante est une petite dame stricte, qui tient la maison. Mon père ne voit pas, d'un bon œil, notre relation. Mohamad est un fils unique. C'est l'homme rêvé de toutes les femmes qui m'entourent, c'est ce que je pense. Il est grand, beau, imposant, la voix douce et les gestes tendres. La France l'a adouci. C'est lui qui a fait le premier pas vers moi. À chaque fois que je le vois, je n'arrive pas à le regarder dans les yeux. Toutes nos conversations se déroulent à l'abri des oreilles et des regards.

Printemps 1972, mon père se remarie avec Lazahra, une femme que je n'apprécie pas, mais pas du tout ! Elle n'est pas à mon goût. D'ailleurs, mes frères pensent comme moi ! Sa difficulté principale : elle cherche, toujours, à prendre « la place » de notre mère. Une histoire connue ! Lazahra ne déroge pas à cette règle. Nous la connaissions bien, elle demeurait à quelques maisons de la nôtre. Une sorte de voisine de quartier.

Mon père et son épouse sont les précurseurs du chacun chez soi. Nous ne nous retrouvons que pour partager quelques repas, ou certains moments de joie. J'ai la chance de ne pas partager leur quotidien en permanence. Mes frères de même, Dieu nous en garde !

J'ai demandé à mon père l'autorisation d'aller voir Oum Khala, ma grand-tante préférée. Elle appartient à la famille de Lmalaak (les propriétaires), une grande famille de notables à Marrakech.

C'étaient des gens riches, qui ont conservé leurs biens, même pendant le protectorat de la France, qui a duré de 1912 à 1956. Avec le départ des Français, et donc, de l'indépendance du Maroc.

Oum Khala me convie, chaque année, pour célébrer Achoura, comme il se doit. Il convient que je me hâte de me préparer. Je dois partir avant la fin de la journée. Sinon, mon père ne me laissera pas quitter la maison. Les femmes, de bonne famille, sortent le jour, surtout pas la nuit. Celles qui ont ce genre de pratique sont des femmes de « petite vertu », comme on dit, avec une pointe de sexisme et de condescendance. Elles se baladent dans l'obscurité…

J'enfile mon kaftan, je chausse mes babouches dorées, je mets mes cheveux sur le côté, je me pare les yeux d'un peu de kohl, la swaka sur les lèvres, une plante sèche, qui constitue, pour nous, les femmes du Maroc, un rouge à lèvres naturel. Je dépose quelques gouttes d'huile de fleur d'oranger, faisant office de parfum, autour de mon visage. Je peux dire « au revoir », de très loin, à mon père pour qu'il ne voie pas mon maquillage. Je claque la porte derrière moi et je laisse tous mes soucis sur place. Je me déplace, en hâtant le pas. Je vais à une vitesse folle, pour retrouver mes amies, et je ne fais même pas attention aux regards des hommes, qui croisent le mien. Enfin, un peu, tout de même. Et je me lance, dans cette soirée, sans attendre.

Les femmes chantent et dansent en même temps. Moment de liesse. Je regarde tout autour de moi. Je dis : « Bonsoir ! » Personne ne semble m'entendre. Mes yeux balaient les gens, les groupes. Je suis, un peu, comme dans un songe, Touria, Latifa, Lafatena, Lazoubida… mes amies et mes sœurs sont là. Un festival de couleurs, de parfums. Je me précipite au centre du salon. Je suis happée par la musique, en transe, je me déhanche en cadence. Fatena Bent Lhoucine chante Kharboucha.

Notre rock-star à nous, une voix puissante, qui chante l'amour et la politique. Deux tables dans un coin du salon portent des gâteaux, du thé, des paquets de *Winston.* Je profite de cette évocation, pour rappeler que les femmes marocaines, de « bonne famille », fument sans vergogne. Cela fait partie des traditions sociétales. Une bouche ornée de rouge, une cigarette que l'on tient du bout des doigts, la flamme d'un briquet, le premier nuage de fumée… L'élégance absolue !

Pour moi, c'est interdit, mon père veille, il serait capable, s'il me surprenait, de me couper les lèvres. Rien que d'y penser, un cauchemar ! J'aime ma bouche, sa sensualité. Pas facile de transgresser !

J'attrape un verre de thé et une corne de gazelle. Mon bonheur ! La soirée continuait à battre son plein. Pour ma part, j'ai hâte de m'asseoir pour évoquer les prémices de mon histoire, avec moi-même. En y repensant, je sais que mes yeux pétillent, mon cœur palpite. Quand je pense à ce garçon, j'ai la certitude de l'aimer déjà. J'imagine son corps. Je rêve !

Une petite voix s'est logée dans ma tête. « Reste calme ! Attention, parfois. » Cela me fait rire. Il ne peut rien m'arriver ! On dit, souvent, que les femmes amoureuses s'exposent à la souffrance, qu'elles sont en fragilité. Ce serait une sorte « d'accident de vie » ! Pour moi, il ne peut rien m'arriver. On ne s'attend, jamais, à cela.

La musique s'estompe, nous nous répartissons dans la pièce, pour partager les victuailles. Nous allons pouvoir nous répandre en bavardages. Je souhaite qu'on me donne des avis sur cet homme, qui vient de loin. Dada Zayna, la grande prêtresse de la cuisine, entre dans le salon, avec un beau plat de service, chargé de quatre poulets au citron. De son autre main, elle porte du pain au sésame, fait maison. Nous allons nous régaler. On ne partage pas un tel festin, tous les jours.

Après le dîner, nous nous mettons en cercle pour raconter nos histoires, nos aventures, nos soucis. Nous faisons vivre les traditions, les anecdotes, les moments de partage et de mémoire collective. Depuis toujours, j'écoute avec attention ce que chaque fille raconte. Je trouve qu'elles sont accablées de difficultés, bien plus que moi. Pourtant, j'occupe la place de l'indigente et de l'orpheline.

Peut-être parce que je ne me préoccupe pas de l'avenir lointain, c'est la force des besogneux, vivre au jour le jour, surtout dans les difficultés.

Je me lance et d'un seul coup, je vide mon sac. « Les filles j'aime un homme, qui vit en France… D'après ses regards et nos quelques mots échangés, je lui plais aussi ! »

Les filles ouvrent grand les yeux et me regardent avec stupéfaction. Toi, Aïcha, la gentille et timide, tu as parlé à un homme et tu es amoureuse ? J'étais choquée, je ne vois pas le rapport parce que je suis douce et discrète, j'ai le droit de rencontrer un homme et l'aimer. J'ai essayé d'aiguiller la conversation sur d'autres sujets. À partir de cette nuit-là je me suis promis de ne jamais raconter mes histoires à personne, quand je sens le besoin de partager, je vais voir ma mère au cimetière et je raconte. Je sais qu'elle m'écoute, elle me comprend et elle ne me juge pas. Même si elle ne me répond jamais. Ce n'est pas plus mal, car, de fait, je n'ai pas envie d'évoquer mes états d'âme, simplement les raconter. Cela m'aide à vivre.

C'est le petit matin, les oiseaux commencent à chanter. Ils vont célébrer l'arrivée imminente du soleil. Les filles sont fatiguées, leurs yeux se ferment. Elles se précipitent sur les canapés du salon, objectif : dormir le plus vite possible, après une nuit de danses et de chants. Moi, je suis moins libre qu'elles. Je ne peux pas tout me permettre, je retire mon caftan, j'enfile ma jellaba et mes souliers. Je me démaquille, et je me coiffe d'un chignon serré.

Vite ! Le travail m'attend, je quitte le riad de Oumi Khala en vitesse et je prends un calich, le taxi traditionnel chez nous, avec d'autres passagers, direction le quartier de Gueliz, là où je travaille !

À l'entrée, Lambarka, la gouvernante, me jette un regard sévère. Effectivement, j'ai un peu de retard, mais elle peut m'accorder une petite demi-heure de répit, avec tout ce que je fais pour les aider dans leurs tâches quotidiennes.

Je sais que je ne fais pas cela pour ses beaux yeux. Si j'agis de la sorte, c'est pour son fils Mohamad, le fiancé de mes rêves ! Dans quelques jours, il va rentrer de France, pour les vacances d'été. Je suis persuadée que ce sera le moment idéal, pour demander ma main. L'idée, elle-même, me met en émoi, en me donnant une joie incommensurable. Je vais devenir une épouse.

Après, je pars avec lui, vivre en France, le pays de toutes les extravagances. Enfin !

Bien dormi cette nuit et cerise sur le gâteau, j'ai rêvé de l'être aimé. Nous nous baladons dans la médina, mon alliance fait mon bonheur. Nous discutons de tout et de rien, je ne me rappelle pas nos mots. Mes songes manquent beaucoup de détails, à mon réveil. Je cherche dans les recoins de ma mémoire.

Ce n'est pas grave, il arrivera dans quelques heures, c'est la réalité et c'est la première fois que la réalité est plus belle que mes rêves. C'est absolument ce qui compte !

Je prends un petit déjeuner en vitesse, je mets du henné sur mes cheveux, un masque de pétales de rose et laaker lfassi (la poudre de coquelicot), sur mon visage. Je vais au hammam. Je fais mon gommage, pour que ma peau soit douce et voluptueuse, mes cheveux prennent des nuances de rouge henné, mon visage est comme maquillé de bonheur. J'aimerais que mon corps fût à l'unisson de mes désirs. Ma vie va commencer !

En rentrant, je trouve mon père allongé à l'ombre, un verre de thé à la main, je m'assieds à côté de lui, pour partager ce moment, et échanger quelques mots. C'est son jour de repos, il a sorti le grand tapis turc, celui qui est chamarré de couleurs, le service de thé Bellar[1] et il a mis sa plus jolie jellaba sousdi[2], blanche et noire. Mon père est, depuis toujours, un homme élégant.

Oui, je suis sa première admiratrice. À son regard, je crois qu'il a compris ce qui se passe. Oui, il est intelligent aussi.

Avant de partir, il dit un mot que je n'ai pas compris, sur le champ. Je crois que je ne vais pas tarder à le saisir. Il m'a dit d'une voix triste et mélancolique, « À force de regarder le ciel, on se casse le cou ». « Merci père, à ce soir », ai-je rétorqué.

À mon arrivée à la villa, les enfants sont avec le professeur de musique, je salue la patronne, qui feuillette un magazine.

Je pars vers la cuisine, Lambarka n'est pas là, elle est partie pour l'aéroport, avec Si Brahim, le chauffeur, ils vont ramener l'élu de mon cœur.

J'aide Saadia pour les salades, même si ce n'est pas mon travail. Je piétine !

J'ai envie de tout faire, absolument tout, pour que l'accueil soit digne de l'amour que je lui porte.

Tout est prêt, ça klaxonne au portail. Une émotion s'empare de moi. Je ne sais plus quoi faire, je me mets débout, je pince mes joues, je passe la main sur mes cheveux, j'ajuste mon décolleté pour qu'il voie la naissance de ma poitrine. Bonjour Aïcha ! sa voix me chamboule. Je lève la tête. Je le vois… J'ouvre la bouche, mais rien ne sort, pas un mot. Mon cœur s'emballe. Il bat la chamade. Je sens que je vais tomber. Il n'est pas seul et il n'est pas arrivé avec une valise. À son bras, une femme, qui lui tient la main droite, une alliance

---

[1] Les verreries Bellar sont une fameuse manufacture de produits de verres & de cristaux. Depuis plus d'un siècle, ils sont patrimoniaux, même s'il s'agit d'une filiale française (verreries Saint-Louis). Leur renommée est telle, que dans les familles marocaines, on se transmet ces articles de luxe, par héritage.

[2] Il s'agit d'un tissu traditionnel marocain léger et doux, caractérisé par ses motifs rayés, de couleurs variées, tissé à partir de coton, de laine ou de soie. Utilisé pour la confection de vêtements tels que les djellabas, les caftans…

à la main gauche. Pas de place pour moi ! Mes rêves s'effondrent, en une fraction de seconde.

Je tombe en défaillance !

Quelques jours s'écoulent après cet épisode, épouvantable et dramatique, de ma vie. Sur le moment, je ne peux retourner à mon travail, je suis sans forces et sans courage. Mohamad tente de m'expliquer l'inexplicable. Il veut m'éclairer sur la situation : la dame qu'il a ramenée de France sera sa femme « là-bas », et moi, je serai sa femme « ici ». J'en reste ébaubie, estomaquée, le masque tombe ! Je le regarde sans le voir, je l'entends sans l'écouter. Il raconte sa billevesée, sans nom, avec un aplomb formidable. À cet instant précis, je sens beaucoup de mépris, tout l'amour que je lui porte s'évapore, se dissout. Ces mots ridicules, ses explications ineptes sont émétiques. Il ne sait pas à quel point je l'ai aimé… Je l'ai aimé d'un amour total, indivisible. Je lui ai donné le meilleur de mes sentiments et de mon affectivité. Je l'ai aimé d'amour et je me suis trompée. Je pars sans aucun mot, je le laisse tout seul, en train de pérorer sur l'amour et le sacrifice. Il aime prendre des postures, j'ai coutume de dire, dans ce cas : « Quand on est dans une posture, c'est qu'on est dans l'imposture ! »

Pourquoi a-t-il pensé que j'accepterai d'être la seconde, la remplaçante, la femme des « vacances » ? Pourquoi n'ai-je pas le droit d'être la seule et l'unique ? Il faut croire qu'il ne me connaît pas, pour réagir ainsi. Quel idiot ce Mohamad !

C'est la fin de notre histoire, un conte de fées tragique, il s'achève mal. Je ne me rends pas encore compte à quel point cette impasse infernale va marquer ma vie.

Sur le chemin du retour, je prends ma décision, je vais arrêter de travailler pour Dar Lmalaak. Tout me ramène à lui et moi j'ai envie d'oublier, je veux enterrer cette histoire. L'enfouir loin de moi. Il faut que je me remette en mouvement.

J'ai envie de recommencer, tout, depuis le début. Je suis dans une impasse. Stop ! En marche !

Je passe une nuit en larmes. Je sens que ma peine cherche à sortir de moi. Au réveil, les rayons du soleil ramènent la lumière promise. Je sens mon cœur qui souffre, mon esprit est touché. Mon âme est brisée. Ma conscience se manifeste, elle illumine mon esprit espiègle et combatif. C'est le jour de l'Aïd lkbira.

Tout cela s'aggraverait, sans compter sur la « bienveillance » de l'épouse de mon père. Elle est déjà là, pour me faire sentir ma défaite, mon échec à trouver un mari. Pour mon père, elle est venue pour me « remonter le moral », mais nous les femmes, nous nous connaissons, nous nous comprenons. Après les amabilités du début, elle et moi savons que la guerre est déclarée entre nous deux, nous ôtons nos masques, nous jouons, franc-jeu. Elle me lance avec une fausse compassion de circonstance : « Ça va, Aïcha ? J'ai appris la mauvaise nouvelle. Je comprends que tu sois triste, c'est un homme en or… » Je la regarde, fermement. D'un air dédaigneux, je lui réponds : « Ne t'inquiète pas pour moi ! Les hommes précieux n'ont pas disparu, complètement, du monde. Ce ne sont pas des mammouths ! »

Et je souris à ma belle-mère, je crois qu'elle vient de comprendre à qui elle a à faire. Ma mère m'a appris une chose, ne pas se laisser faire… Je ne montre ma faiblesse à personne. C'est la seule chose qu'elle m'a inculquée, je n'ai pas eu la chance de la connaître mieux. Je fais tout pour lui ressembler, c'était une femme douce et affectueuse, mais lorsqu'il fallait taper du poing sur la table, mieux valait être loin d'elle ! Je rapporte, ici, quelques souvenirs, encore vifs, de cette femme, qui m'a abandonnée très tôt.

Aujourd'hui, malgré la présence de ma belle-mère, j'ai envie de passer une journée joyeuse, avec ma famille proche. Les occasions de nous retrouver tous ensemble, pour toute une journée, sont rarissimes, sauf pour l'Aïd. Dans ma vie, il y a mes frères, Malek et Mustafa. Ils sont très différents l'un et l'autre, je ne pourrais pas vivre sans eux.

Mustafa est un homme grand, et bien musclé, un teint basané et des yeux noisette, qui brillent tout le temps, comme ceux d'un enfant. Il est son propre patron, la journée, il vend de petites antiquités au souk d'lkhmiss, et le soir, il est musicien dans un groupe de gnawa, à « La Mamounia », l'hôtel mythique de la ville, devenu si célèbre, après le tournage du film, culte, d'Alfred Hitchcock « L'homme qui en savait trop ». Aujourd'hui, c'est une sorte d'institution « people », où il convient de « voir et d'être vu ».

Mustafa a un petit grain de folie en lui, mais dans le vrai sens du terme. Il s'est marié une seule fois, avec la sœur de la fiancée de Malek, Aïda, une femme légère, qui était tombée enceinte, hors mariage, de son patron. Notre demi-sœur a obligé Mustafa à se marier avec elle, pour la sauver de la honte. La famille de sa promise était les voisins, et amis, de ma demi-sœur Lasafia. Elle a voulu sauver l'honneur des parents de Aïda. Le mariage avec mon frère n'a duré que le temps de la grossesse, et après, logique infernale, est arrivé le divorce. Il n'y a que Mustafa pour accepter un mariage, décidé dans un système bricolé à la hâte, dans un moment de honte. Là, il ne veut plus entendre parler de femmes.

Mustafa est l'aîné de la famille, mais il y a longtemps qu'il a cédé son rôle de premier, au cadet de la famille. Malek, lui, est une personnalité plus complexe, un bel homme, sage et mesuré, très ambitieux. Un coureur de jupons, très pugnace et déterminé. Il vient de se fiancer avec Warda, une fille effrontée et téméraire. Je dis tout : je ne l'aime pas ! Je fais tout pour l'ignorer, aussi.

La cérémonie de mariage aura lieu vers la fin de l'été, Malek travaille jour et nuit pour rassembler la dot et les alliances. Mon père ne veut pas de cette fille, il préfère la fille de son copain. Honnêtement, la nature n'a pas gâté cette dernière. En écrivant ces lignes, je dois reconnaître que le mariage, chez nous, repose sur de petits arrangements entre parents, plus que des histoires d'amour romantiques. Je dis cela, je ne dis rien !

Maintenant que vous avez fait la connaissance de ma famille, je peux me régaler avec les brochettes au foie d'agneau, et le thé à sept plantes.

Nous nous amusons, nous savourons et nous profitons de ce moment collectif. Entre joie et félicité. J'aperçois mon père qui regarde sa femme avec beaucoup de passion et d'adoration, je ne l'ai jamais vu, près de ma mère, dans une telle émotion. Avec elle, il avait le regard dur et indifférent. J'essaie d'oublier, très vite, cette pensée douloureuse. L'essentiel, c'est qu'il soit heureux avec cette femme, même si elle m'insupporte, de plus en plus. J'ai le sentiment que les hommes sont toujours plus amoureux de la deuxième compagne, voire de la seconde, ils semblent plus affectueux. Je me questionne : à quoi cela est-il dû ? Je ne comprends pas, je ne comprendrai jamais les hommes, je crois.

Lazahra n'est pas, à proprement parler, une belle femme, mais elle est élégante et a beaucoup de grâce. Elle vient d'une famille de la haute société. Toujours bien habillée, maquillée, elle ne maugrée jamais. Pour un homme, peut-être incarne-t-elle la femme idéale ?

Pour moi, elle représente mon ennemie numéro un.

La soirée de L'Aïd finit, comme de coutume. Nous mettons un peu d'Oud et de Djaoui dans le brasero, histoire de chasser l'odeur des brochettes et de célébrer cette journée de fête, entourée de parfums.

Une double tradition dans notre famille. D'une part, nous envoyons une partie du mouton aux nécessiteux, d'autre part, mon père nous offre, à chacun, des cadeaux. Je reçois un caftan de taffetas vert et doré, tandis que mes frères, reçoivent, chacun, un sarouel et une paire de babouches. Nous sommes tous ravis, nous embrassons la tête et la main droite de notre père, en signe de respect et d'amour.

Je débarrasse la table et je passe une grande partie de la nuit à laver la vaisselle et nettoyer la cuisine. Le lot commun des filles de la maison. Enfin, revenue dans ma chambre, je détache mes cheveux, j'ôte mon caftan et je rejoins mon lit. Je sais que j'ai de la chance, j'ai une pièce pour moi, toute seule. Mes frères partagent la même chambre. Il y a des avantages, à être la seule fille de la maison.

Je ferme les yeux et je tombe dans les bras de Morphée.

Chapitre II
Une étreinte furtive

Quelques jours après la fête, je commence à chercher sérieusement un nouveau travail, quelque chose de différent. Dans ma tête, je me pose plein de questions : je ne veux plus travailler comme baby-sitter. Ce job ne m'amuse plus. Quelque part, j'ai le sentiment que je ne pourrai pas évoluer dans ce labeur. Finalement, ce n'est qu'un « petit boulot », guère valorisant pour moi.

Pendant une visite chez Oum Khala, je discute avec les filles. Je suis lasse de mon job actuel. Je le sens, monte en moi l'ambition de regarder autre chose, ailleurs, dans un registre différent. Dada Zaina est là, comme à son habitude, entourée d'un plateau de thé, un autre de café aux épices, ainsi qu'une multitude de gâteaux aux amandes et à la fleur d'oranger. Attentif à mon discours, il m'a conviée à la cuisine, prétextant un besoin d'aide, pour l'aider à rapporter quelques plats du salon. Chez Oum Khala, on pratique deux plaisirs : savourer et découvrir, bavarder et confesser. Oum Khala nous écoute avec attention et bienveillance, Dada Zaina est le chef étoilé du Riad. Voilà un binôme étonnant et exceptionnel.

J'emboîte le pas à cette dame, qui marche lentement, une femme noire, très grande, le visage poupin et le corps bien proportionné. À ma connaissance, jamais mariée. Elle n'a pas l'air très malheureuse.

On arrive dans la grande cuisine, un endroit où on peut faire du cheval. C'est immense ! Le superbe royaume de cette dame, qui excelle dans l'art de la table.

Il m'invite à m'asseoir sur l'unique chaise, à côté de son trône, un grand fauteuil noir avec des dorures. La présence de ce siège fait tache dans cette cuisine traditionnelle. Je me demande toujours, au fond de moi, ce qu'il veut de moi. Pourquoi moi ? Immédiatement, il attaque : « J'ai ouvert une pâtisserie à Souk Semmarine[3]… Je veux que quelqu'un s'en occupe, mais complètement. Il faut qu'il, ou elle, gère l'organisation, le travail, la confection et la vente des plateaux de gâteaux. » Il n'a pas besoin de me demander quoi que ce soit d'autre. Ma seule réaction est portée par un « Ouiiiii ! » qui n'en finit pas. Je n'ai pas besoin de réfléchir, je ne peux pas réfléchir. Tout en moi dit oui, de surprise, de joie, de bonheur ! C'est une occasion en or, pour moi. Dada Zaina est déconcerté de ma réaction, assez démesuré à son goût. Je remercie Dieu d'un coup de main sur mon front et mes lèvres, signe de gratitude. Il m'explique quelques détails, sans que je puisse tout comprendre. Je hoche la tête, de haut en bas, sans arrêt. Je crois bien qu'il a compris. « Je suis d'accord ! »

Après une semaine d'une véritable formation, auprès de Dada Zaina, j'ai commencé à travailler dans le magasin de Semmarine. Un emplacement de choix, à un point stratégique du souk. Une grande partie du magasin est en verre, tous les coins de la boutique sont ornés de lumières chatoyantes. Les gâteaux sont à l'honneur chez nous ! Les couleurs, les formes, les parfums enchantent les yeux et les sens. Tout est pensé et organisé pour séduire une clientèle exigeante sur la qualité, mais aussi, bien peu regardante sur les prix.

Je porte une sorte d'uniforme, composé d'une tunique ajustée à mes formes généreuses et un sarouel confortable, le tout en rouge et noir. Mes cheveux sont sagement rangés sur le côté de mon visage, mes yeux sont ultra soulignés d'un khôl huilé, bien noir, préparé par mes soins. Le succès est immédiat ! La clientèle se presse… Elle vient et revient ! À mes côtés, deux garçons se dépensent, sans compter. Hassan et Aziz. Ils sont très jeunes, mais dynamiques. Moi, je m'occupe de la vente, des comptes et j'organise les commandes, que

[3] Un marché de la médina de Marrakech connu pour ses échoppes d'artisanat.

ce soit pour certaines cérémonies, ou pour le quotidien. Eux, ils gèrent le reste.

Je suis comme un poisson dans l'eau ! C'est ma première expérience dans le commerce, et tout le monde trouve que je me débrouille vraiment bien. Je suis payée chaque semaine et, grâce à mon travail, mon père et mes deux frères se régalent de nos gâteaux. Un avantage non négligeable !

Parmi nos clients, il y a Sy Taher, un vieil homme, cousu d'or, c'est un de nos meilleurs clients. Un chaland fidèle, qui vient, presque chaque jour. Il passe de nombreuses commandes, pour gâter ses enfants et petits-enfants, des plateaux pour ses clients, exclusivement des étrangers, qui visitent ses bazars spécialisés, depuis l'antiquité. Par moments, il représente la moitié de notre chiffre d'affaires. Ça m'impressionne toujours ! Tout l'argent que cet homme dépense pour des gâteaux… cela me donne le tournis !

J'ai remarqué qu'il s'intéresse beaucoup à moi, il me pose de nombreuses questions, sur moi, ce que je suis, ce que je fais, ce que je vis. Il complimente ma mise, à chaque passage en boutique, pourtant c'est la même ! Nous discutons toujours un peu, mais je prends conscience que cela commence à être de plus en plus personnel, voire intrusif. Je crois que je lui plais. À son âge, il ne peut pas cacher grand-chose. Moi, je sais qu'il est plus vieux que mon père. Tel qu'il est, je ne peux pas dire s'il est beau ou laid, non. Il est simplement vieux et élégant… J'ai oublié, très riche, aussi !

Mon travail me prend beaucoup de mon temps. Je m'écarte de ma proche famille, je vois, de moins en moins, mes frères. Malek est marié, il vit avec nous. Sa femme, Warda, est déjà enceinte de leur premier enfant. Il n'y a que trois mois qu'ils sont mariés, malgré ce temps très court, ils sont déjà sur la route de la famille et de la reproduction sociale. Ils ont pris le risque de devenir parents, sans bien se connaître, et n'ayant pas cherché à bien profiter de la vie en couple.

Selon moi, il convient de s'aimer et de se connaître pendant un peu plus longtemps, avant de s'engager à être parent-s. Alors, c'est une autre vie.

Pire, encore une autre tradition chez nous, certains se marient sans jamais se voir, au paravent. Ils se rencontrent, uniquement, le jour de leur mariage. Quelle horreur !

Je sais que jamais je ne me marierai de la sorte… Un traitement horrible et hasardeux !

Mustafa est toujours dans ces soirées, qui durent jusqu'aux aurores, il profite, pleinement, de son célibat.

J'ai l'impression qu'il vit sa vie et celle de Malek, qu'il travaille comme un acharné. Après la dot et les frais du mariage, il prépare la venue du bébé. Il passe ses jours à courir derrière l'argent, pour offrir, peut-être, une belle vie à ses enfants. Une vie, qui sera plus belle que la sienne ?

Je me demande, souvent, si la vie passe et nous éloigne, de plus en plus, de ce que nous sommes, au fond de nous ? Ou bien, si, malgré tout, notre existence ne tend pas à nous faire rejoindre notre véritable nature ?

Chez Oum Khala, j'ai appris, par le plus grand des hasards, que mon client Sy Taher est un de ses lointains cousins. C'est un signe, me dis-je, il apparaît, ici et là, de plus en plus, dans le décor de ma vie.

Il m'a donné rendez-vous, vendredi, pour une grande commande. Il y a fête chez lui, en raison de la cérémonie de la circoncision d'un de ses petits-enfants. Je suis très contente, car son budget, pour ses plateaux de gâteaux et quelques pastillas, fait notre semaine. Quand il nous passe une commande importante, on peut garder la boutique fermée et se reposer tranquillement, plusieurs jours de rang.

Vendredi matin, tout le monde met du cœur l'ouvrage, on lance une cassette pour écouter quelques versets du coran. Il convient de booster l'énergie des travailleurs et ensuite, place à un autre récital de la diva du monde arabe, la Maria Callas de l'Orient, Oum Kalsoum, qui chante *enta omri*, littéralement *tu es ma vie un* chef-d'œuvre de la chanson arabe. Sa voix, puissante, nous plonge dans un état de romantisme délicieux et une exaltation intense.

En me tournant, je me retrouve nez à nez avec Sy Taher, il est accompagné de quelques hommes. Nous échangeons quelques amabilités, il récupère sa commande. Avant de partir, il me demande, en aparté, de le suivre vers la sortie de la boutique, histoire de nous éloigner des autres employés. Je m'exécute, et là, il se tourne vers moi. Nos visages sont très proches. Je sens qu'il va me dire quelque chose d'important. Il me dit qu'il vient dimanche après-midi, pour demander ma main, à mon père. Sans attendre une réaction, ou une quelconque réponse, il se précipite vers ses hommes. En un instant, ils disparaissent dans le souk.

Je m'accroche à la porte du magasin, je perds pied. Je vacille… Une suée froide me couvre le front… Question sensations, je me sens abasourdie, stupéfaite. L'émotion me submerge, physiquement, je suis au bord du malaise.

Tout l'après-midi, je me sens étourdie et troublée, à la fois. Mon cerveau est en panne… Il ne gère rien, il a arrêté de fonctionner. J'ai demandé à Hassan et Aziz de fermer, j'ai embarqué la caisse, comme chaque soir, direction Dada Zaina, pour refaire les comptes de la journée. Ce soir, c'est différent, ce soir, une catastrophe vient de me tomber sur la tête. Je rentre par la porte du service du Riad, qui mène, directement, à la cuisine. Je la vois assise, tranquillement, sur son trône à tricoter, je me demande comment elle fait pour avoir la patience et le temps pour gérer tout cela. Je lui mets la caisse dans les mains et je lui dis, d'un seul trait : « Sy Taher, le cousin de Oum Khala, veut m'épouser ! »

Elle balance la caisse sur la table et se jette sur moi, dans une étreinte maternelle, en chuchotant : « Félicitations, ma fille, le dieu est toujours généreux avec les orphelins ! C'est ton jour de chance, ma Aïcha ! »

Je rêve, non ? Elle a bien dit que c'est de la « chance », qu'un homme plus âgé que mon père me demande au mariage. Moi qui n'ai que vingt-trois ans. Je ne le crois pas !

Je suffoque, comme anesthésiée. Elle me prend la main et me ramène au petit salon, là où Oum Khala est assise, écoutant la radio, attentivement. Toujours élégante et souriante. Son chapelet à la main.

Elle est toujours vêtue avec distinction. Son foulard en soie rose couvre ses cheveux blancs et soyeux. Son caftan de trois pièces, jaune et doré, est orné d'une ceinture en or, c'est la pièce maîtresse de sa tenue, cela coûte une fortune. Mina, sa dame de compagnie, et également mon amie, sont très surprises de nous voir débarquer de la sorte.

Dada Zaina a commencé à faire des youyous sans interruption, Oum Khala l'a applaudi, car jamais personne n'avait vu cette personne dans une joie pareille. Elle porte la félicité qui me manque, le sourire qui m'a abandonné. Mina demande ce qui se passe, Dada Zaina a répondu « Aïcha va se marier avec un homme riche et va devenir une femme de la haute société ». Mina répète la phrase machinalement à Oum Khala, qui est un peu sourde, avec l'âge, elle la prononce deux ou trois fois. Je crois qu'il n'y a pas que Oum Khala qui n'a rien compris. Moi aussi, j'ai besoin de temps pour que cette information me monte à la tête. Oum Khala demande à Mina, avec un sourire radieux, de me donner un tissu de caftan pour me féliciter, comme le veut la tradition. Je sens un brin de jalousie dans les mots de Mina, quand elle me dit : « Pourquoi toi, ma chérie ? Plein de femmes rêvent de se marier à Sy Taher. » Je lui réponds : « Je me pose la même question que toi, depuis ce matin » et là, Mina rajoute : « Tu as toujours eu de la chance avec les hommes, Aïcha. »

Celle-là, je ne m'y attendais pas !

Je lui dis, sur le ton de la plaisanterie : « Je n'ai jamais pensé avoir eu autant de chance. »

Toutes ces réactions m'aident à réaliser que Sy Taher n'est pas qu'un homme âgé, c'est un homme riche et un fort bon parti, mais pour certaines femmes.

La vérité c'est que j'ai essayé l'amour, ce fut un échec. Je n'avais jamais pensé à me marier de la sorte, avec quelqu'un que je ne connais pas et en plus, je ne suis pas attirée par les hommes plus âgés. Rien ne me rapproche de cet homme, tout nous éloigne. Je me sens perdre pied.

Mon cerveau, loin des émotions, murmure que c'est peut-être une occasion rare, qui se présente à moi. Tout le monde me dit que c'est une opportunité, offerte par dieu, pour que ma vie se transforme en un conte de fées. Sur la route de la maison, je parle toute seule. Je dis une chose et son contraire, je ne peux imaginer me marier à cet homme. Je ne peux m'imaginer, entourée de sa richesse. Me voir avec toutes sortes de caftans, plein de bijoux… L'amour d'un homme vieux est un amour sincère et absolu. Peut-être que ce n'est pas aussi horrible que ce que je visualisais, il y a quelques heures.

Je dois raconter mon histoire abracadabrantesque à mon père, j'ai hâte d'arriver !

J'arrive à la maison, au moment de mettre la clef pour ouvrir, la porte s'ouvre brutalement. Je découvre que mon père m'attend. Son regard n'est guère rassurant. Je m'empresse de m'incliner et tente d'embrasser sa main, mais il se retire brutalement. Froid, agressif, il me toise. « Tu as vu l'heure ? Les filles de bonne famille sont déjà au lit ! »

C'est la première fois que je tarde. Je sais comme les circonstances sont exceptionnelles, mais c'est la toute première fois. Je tente d'obtenir son pardon, j'essaie de lui expliquer, de lui parler, mais il ne veut rien entendre. Il s'enferme dans la cuisine. D'où je suis, dans le vestibule, je l'entends maugréer.

Il se rend à l'étage. Je rassemble toutes mes forces, et monte dans sa chambre. J'étouffe ! Je ne veux plus de cette vie. Travailler, oui, mais avec un peu de liberté, un peu d'indépendance. À ce moment de ma vie, je dois, sans cesse, me justifier et m'excuser, à tout propos. J'aime mon père, mais je commence d'avoir, en horreur, la manière qu'il a, de tout permettre à mes frères, alors qu'il m'interdit tout.

J'entre chez lui, moins fière, tout de même : « Je peux te parler père ? » Tout en continuant à regarder de l'autre côté, il me fait un signe de la main en guise d'accord. Je lui raconte qu'après-demain, un homme va venir demander ma main, son visage commence à s'illuminer. Maintenant, il me regarde, intensément. Il me dit, avec un large sourire. « Ça sera le plus beau jour de ma vie. Je connais cet homme ? » Il m'interroge avec une impatience certaine. « Effectivement, tu le connais père, c'est le cousin d'Oum Khala, Sy Taher Benani. » Mon père vient de prendre la foudre en plein visage. Il me regarde, peut-être pense-t-il à une blague ? Une erreur de ma part ? Je me serais trompée ? Et il s'agirait du fils de Sy Taher ? Dans tous les cas, il voudrait que ce ne fût pas lui.

Malheureusement, je répète son prénom et je dis que je suis d'accord pour me marier avec cette personne.

Il se lève promptement, et avant que je n'aie le temps de lever les yeux sur lui, il me donne une gifle. Impassible, je reste immobile. À l'intérieur de moi, je me consume, ça brûle, ça s'embrase. Son ton est empreint de colère. Comment tu peux imaginer que la fille de Sidi[4] Mohamed se marie avec un vieillard. Je me relève, mes larmes coulent, mon corps tremble. Je lui fais face et je lui dis, avec un courage extraordinaire. « Je veux, et je vais me marier avec cet homme ! » Il me force à sortir de sa chambre et ferme la porte derrière moi. Ce qui vient de se passer, à ce moment-là, est une tragédie !

Je viens de m'opposer à mon père, je l'ai regardé dans les yeux pour lui dire « non ». Pour la première fois de ma vie, j'ai exprimé un souhait personnel. J'ai choisi la liberté. J'ai fait passer mon père après mon propre choix.

---

[4] Sidi est un terme de respect masculin, dans les dialectes arabes.

Je m'enferme dans ma chambre, accompagnée de ma tristesse et de mon désespoir.

Cet homme, je le veux, parce que les autres pensent qu'il représente une chance pour moi. Cet homme, je le veux, parce que mon père ne le veut pas. Je suis dans une opposition totale, cette raison est suffisante. Je ne veux pas penser, je ne veux pas analyser. Je veux le faire, parce que j'en ai envie et je crois que c'est une bonne raison.

Quand je suis malheureuse, je me couche, moi, je dors pour oublier. Je vais dans ma chambre, je me jette dans mon lit, je ferme les yeux.

Le petit matin. Les rayons du soleil éclairent ma chambre, je me sens triste, ma journée, ensoleillée, s'annonce obscure, épaisse, tourmentée. Mon père est parti pour le travail, malgré son départ, je ne parviens pas à sortir de mon état dépressif, je reste cloîtrée dans mes draps. Je me sens éteinte, en veilleuse.

Personne n'a discuté les choix de mes frères. Mais, comme je suis la fille, je dois me contenter de faire ce que mon père décide. Sans objection, ni discussion, ni contestation !

Cette façon de faire avec les femmes me révolte et m'attriste. Ce matin-là, je m'éveille encore plus décidée à faire ce dont j'ai envie, sans me soucier de personne. À propos de l'adjectif « obstiné », je m'interroge pour tenter de savoir, s'il avait pu être inventé, seulement pour moi. Je me connais ! Est-ce que je me bats pour me marier ? Certainement pas ! Je me bats pour réaliser ce que je souhaite. Profondément !

Pas question de lâcher l'affaire. Warda, la femme de mon frère Malek, vient me voir pour me dire qu'elle, et son mari me soutiennent dans ma décision. Ils sont très contents pour moi. Je souris et je la remercie pour son soutien. Nous vivons dans la même maison, mais nous ne nous connaissons pas très bien. Elle n'est chez nous que depuis quelques mois. Si moi, j'ai mon travail, Warda est très prise avec la venue de la petite Fatimezohra, une petite fille adorable. Je rappelle que ma belle-sœur est encore enceinte, pour la seconde fois.

Au Maroc, nous avons coutume d'enchaîner les naissances, il convient de se précipiter pour avoir un nouvel enfant, il faut « enchaîner ». C'est la pensée générale des femmes, autour de moi. Grâce aux enfants, on garde les maris ! Tout un programme !

Dada Zaina m'a accordé cette journée, pour me préparer à mes fiançailles, qui vont avoir lieu, aujourd'hui.

Mon esprit vagabonde… J'entends la voix de mon père qui m'appelle, flûte ! Il est encore à la maison !

Je me précipite et je me présente devant lui. Je capte un éclair dans ses yeux. Cela ne présage rien de bon. Il a préparé sa phrase, elle sera unique : « Si tu veux te marier avec le vieux, tu n'auras pas ma bénédiction et cela n'aura pas lieu chez moi ! » Warda nous a rejoints, elle l'implore, le supplie. Elle est là, à lui demander un peu de clémence. Inflexible, il ne veut rien entendre. Je ne sais plus ce qu'il m'arrive, je tombe, je m'arrache les cheveux, je me roule par terre, mon corps n'est plus mien, toute la douleur du monde s'empare de moi. Je ne m'attendais pas à autant de cruauté de la part de mon père.

Il part en claquant la porte.

Pour lui, je suis une brebis galeuse, une fille ingrate, je l'ai vu dans ses yeux, je l'ai entendu dans les vibrations de sa voix. Une violence infinie.

Je me relève et me dirige vers ma chambre. Je récupère quelques affaires et je déserte la maison de mon enfance. Les larmes coulent sur mon visage, mais mon cœur me plonge dans une joie inattendue. D'une ruelle à l'autre, pour regagner le Riad d'Oum Khala. Je commence à sourire, en même temps que les larmes salées viennent à mes lèvres. J'ai réussi à dire « non ! », j'ai réussi à imposer ma décision. Je me sens dans une détermination sans faille. Je continue !

À l'arrivée, Mina m'accueille avec un sourire forcé, à contrecœur. Ce n'est absolument pas un problème, je comprends sa jalousie et sa rancœur.

Je raconte le drame qui s'est joué entre mon père et moi. Dada Zaina et Oum Khala essaient de me réconforter. Ils m'annoncent que

Sy Taher peut venir demain, au riad, pour me demande en mariage et ils me promettent de parler à mon père. Ils le respectent beaucoup.

Je commence à me sentir mieux, mais à l'intérieur de moi, je sens une sourde colère m'étreindre. Les mots, proférés par mon père, m'ont touchée, au plus profond de moi. Une brûlure qui m'a marquée au fer rouge.

« Sur la tête de mes ancêtres, tu ne tiendras pas une année, dans ce mariage de malheur ! »

J'ai la chair de poule en pensant à cela. Comme un chancre, qui viendrait se lover dans mon ventre. La souffrance commence ! L'Enfer !

La nuit, je dors très mal, une tempête d'idées se bouscule dans ma tête. Mais le temps me manque, ce matin, pour analyser et étudier la situation. Je dois me préparer, car Sy Taher arrivera vers midi.

Je suis dans une sorte de doute, qui m'interpelle. Je ne me sens pas dans une excitation particulière ni dans une joie extraordinaire. Je fais abstraction de la situation. Je fais ce que je dois faire, sans y penser. Au fond de moi, un questionnement s'installe. Un travail de sape commence. Gare !

Mina a fait le ménage avec Khadija, la petite aide-ménagère. Dada Zaina trône dans sa cuisine, pas de soucis à se faire dans ce domaine.

Oum Khala m'a donné un petit sac, empli de bien jolies affaires. J'ai commencé à ouvrir : un caftan de deux pièces « takchita », vert foncé, avec des dorures, une ceinture en argent et des escarpins dorés. Instantanément, je pense à ma mère et je commence à pleurer toutes les larmes de mon corps. C'est certain, mon futur mari, très âgé, l'aurait rendue fière de moi. Je ne sais pas pourquoi je me suis embarquée dans cette aventure, dont l'échec est prévisible, à mes yeux. Je voulais imposer ma décision, exprimer mes envies, c'est chose faite. Résultat des courses ? Il n'y a point d'enchantement ! J'ai l'impression qu'il y a deux femmes en moi…

Je fais un effort colossal pour me concentrer sur mes préparatifs. Je mets ce que m'a offert ma grand-tante accompagné d'un minimum de maquillage et je suis prête. Nous sommes dans le salon à attendre, une chanson de Mohamed Lghawi sur l'exil, passe à la radio. On essaie de chanter pour passer le temps. On entend la porte et Mina sourit, elle court pour ouvrir. Deux minutes plus tard, elle rentre les bras chargés. Elle porte les dattes et le lait, Sy Taher porte le grand carton de sucre, la surprise, c'est la venue de deux de ses enfants, ils sont costauds et pas très souriants. Je suis plus jeune que ses fils. Heureusement que Dada Zaina accueille ces hommes dans les règles de l'art marocains, les youyous résonnent, on les asperge de fleurs d'oranger. Mon regard se fige sur cet homme, qui va être mon mari, l'idée me chamboule, il porte un jabadore et une cape noirs, et un tarbouch à gland rouge sur la tête… J'avoue, c'est très élégant ! Sans oublier de beaux souliers, d'une vieille marque anglaise. Tout le monde s'assied autour de la table à thé, à ce moment précis, je crois que je suis partie, loin, dans mes pensées. Aucun membre de ma famille n'est présent, ma vraie famille, spécialement mon père, il me manque. Je ne sais vraiment pas comment je suis arrivée là, en laissant la chose la plus précieuse de ma vie derrière moi, ma famille. Je l'ai abandonnée… J'entends Oum Khala me demander, de dire ce que je pense, et là, je suis honteuse, je savais pas de quoi elle parlait. Je reste silencieuse et Dada Zaina dit : « Aïcha est très timide. » Ouf ! Il m'a épargné un désagrément certain.

Le sujet c'est que mon futur époux veut que j'habite avec lui, dans la maison où il y a ses enfants, trois fils et deux filles. J'acquiesce d'un signe de tête.

Ils ont tout organisé, pour ce qui est de ma vie future. Je sens une sorte d'enfermement se mettre en place.

Je suis là, à exprimer mon consentement à tout propos. Je vibrionne…

Je n'avais qu'une hâte, qu'ils partent !

Dada Zaina, à bout de souffle, achève la visite par des youyous et annonce le début des festivités. Dans deux semaines, je me marierai et je serai chez mon époux… Je pleure encore !

L'idée d'être dans ses bras effleure ma conscience. Des images me viennent à l'esprit. Je pense à son corps, vieilli, fatigué. Comment vais-je me comporter quand il va se « rapprocher » de moi ? J'écarte ces moments à venir, en me réfugiant dans l'abondance du quotidien. L'argent, la maison, la voiture… Tout ce qui va changer dans ma vie et changer ma vie. Je serai là reine, chez lui. Je vais avoir du personnel… Je me sens dans une profonde satisfaction à venir, grâce à ma décision. Mais le tumulte règne !

Le temps passe à une vitesse folle, le jour J est arrivé. Au riad d'Oum Khala, l'agitation est à son comble.

Un monde fou s'affaire à tout préparer, pour la soirée. Mon futur mari la veut superbe. Ce soir, après la cérémonie, ma vie changera à jamais. Je sais que pour cette histoire, j'ai mis mon cœur au repos. C'est ma tête qui commande.

Mon père n'a pas pu contrarier Oum Khala, il a accepté de signer l'acte de mariage, sa signature est obligatoire de par la loi, mais il a refusé de venir pour la cérémonie, en prétextant être malade. La femme de mon père, mes frères et ma belle-sœur seront de la partie. Ça me fait très plaisir, car je ne me vois pas me marier, sans ma famille. Je suis persuadée que mon père comprendra avec le temps, même si, pour le moment, il ne me parle pas.

La coiffeuse et la Negafa[5] sont là. Tout s'enchaîne, je n'ai guère le temps de cogiter.

Je me trouve belle dans mon caftan blanc, mon chignon, mes lèvres d'un rouge éclatant.

---

[5] L'habilleuse traditionnelle de l'épouse, dans les cérémonies de mariage marocain.

Je suis sur Amariya[6], portée par quatre hommes, ma famille, mes amis et la famille de mon mari. Ils font des youyous, j'ai les larmes aux yeux, des frissons dans le corps. C'est un moment unique, un moment de grâce. Je me sens belle et heureuse, je vois cela dans les yeux de tous mes invités. C'est une cérémonie, qui est plus belle que dans mes songes. La voiture de mon époux vient d'arriver, ça klaxonne de partout, un cortège digne d'une princesse. Les voitures sont toutes parées de fleurs magnifiques.

Je m'installe dans la voiture de mon mari, cet homme que je connais à peine, nous allons partager notre vie, pour un long moment. Il me complimente sur ma beauté, mes habits. Je sens une vague de timidité au fond de moi. Je n'arrive guère à m'exprimer. Je reste silencieuse, je sens des heurts, des conflits, des questionnements.

On arrive à la maison, un véritable jardin d'éden. Je suis abasourdie par la beauté et le luxe ostentatoire de l'intérieur, et de l'extérieur du lieu.

Je suis accueillie par de la musique et des chants traditionnels. J'ai l'impression de flotter, de rêver. Je vis toute cette effervescence, en dehors de mon corps. La tradition veut que je découvre ma chambre avec mon mari.

Une fois la porte fermée, et après un joyeux tintamarre, un flottement silencieux s'installe, en attendant la volupté capiteuse d'un rêve épais.

Mes yeux font le tour de la pièce, décorée avec un faste incroyable. Le lit est énorme, les draps en velours, le petit coin-salon est en cuir. Un placard est en partie ouvert, Sy Taher m'a dit : « J'ai mis quelques caftans et des robes à ta disposition… J'imagine que tu n'as pas apporté beaucoup de vêtements… » Je le regarde, incrédule, je dis : « Merci ! »

Il me tapote le dos, et me dit : « Je te laisse te reposer, après une journée mouvementée et une longue soirée, essaie de dormir… Je te laisse te remettre de tout cela. »

---

[6] L'amarya : une palanquée en bois plaqué d'or ou d'argent, qui permet de présenter les mariés à leurs invités lors de la cérémonie du mariage marocain.

De mon côté, je dors dans la chambre voisine. Je n'ai pas su quoi répondre. Il est déjà parti, après avoir fermé la porte, derrière lui.

Je suis heureuse, en même temps surprise, je suis déçue et en même temps soulagée. Je suis tout et son contraire. Voilà l'état dans lequel je suis, à ce moment-là !

Je jette ma robe, je défais mon chignon et je saute sur le lit comme dans les films. Je passe une nuit au paradis, le bonheur… Aïcha !

À l'aube, encore endormie, je sens sa main froide sur ma peau, son souffle brûlant sur mon visage. Je comprends. Tout mon corps vibre d'un magma d'émotions, entre confusion et gêne. Je me laisse faire, je m'abandonne à cet homme. Je ferme les yeux, je les ferme fort, et je me laisse envoler en-dehors de la douleur charnelle.

Après cette intimité inattendue et improbable. Il m'a offert les sept bracelets en or, un bijou chic qu'on ne trouve que dans les familles aisées, un bijou de femme mariée. Il embrasse mon front, et ne prononce plus aucun mot.

Une voix fluette, à la porte, annonce le petit déjeuner. Sy Taher va chercher le plateau, où il y a un petit déjeuner fastueux.

Je me régale en pensant à toutes ces choses nouvelles dans ma vie. Et je souris de bon cœur.

Mon mari est parti vaquer à ses occupations, comme si de rien n'était.

Je prends le temps pour une douche, et le temps de choisir le plus joli caftan, je veux le mettre et l'accorder à mon maquillage et aux accessoires de ma mise. Je descends les escaliers en princesse.

J'entre dans le salon, les deux filles de Sy Taher sont en train de discuter, je dis : « Bonjour ! » Je répète, pas de réponse, pas même, un regard. Elles m'ignorent totalement.

Je tourne les talons et je regrimpe l'escalier, quatre à quatre. Je m'enferme dans ma chambre et je mets la radio très fort, pour bloquer mes pensées, je sens que la partie sera difficile avec la progéniture de mon époux.

Le soir venu, tout le monde est autour la table pour le dîner, je réalise qu'ils sont nombreux à vivre dans la grande maison. Deux filles et leurs maris, et trois de ses fils avec leurs femmes, et dix petits-enfants. Je regarde autour de moi, sans sourciller, sans montrer aucune émotion. À l'intérieur de moi, je perçois de l'agacement et de la tristesse. Ils échangent entre eux, en m'ignorant. Ce soir, je réalise qu'à leurs yeux, je suis transparente, invisible, je n'existe pas pour eux.

Je pense que c'est leur façon de m'annoncer la couleur, ils ne seront pas déçus. Ils vont vite être renseignés sur la jeune femme devant eux. Je suis moins âgée qu'eux, c'est certain, mais la vie, dans sa dureté, m'a appris à ne jamais me laisser faire. S'ils continuent de la sorte, je ne vais pas les lâcher d'un pouce…

Après quelques mois, je me suis habituée aux coutumes étrangères de la maison de Sy Taher, de ma maison présumée.

Après quelques désagréments, pendant quelques jours, je vais chez le médecin, pour consulter. Après examen, et avec un grand sourire, il m'annonce une grossesse, je suis enceinte de trois mois. Je le regarde sans réaction notable. Je suis très heureuse, mais incapable de l'exprimer par les mots, mon corps arrive à le faire à travers une vague de frissons et une tachycardie monstrueuse. Je vais être mère, j'entendrai mon enfant m'appeler « maman », ce mot magique, que je n'ai pas eu la chance de prononcer pour « mère » très longtemps. J'étais privée de ce plaisir.

Je sais que la plus noble des missions de la femme sur terre, c'est être mère, donner la vie. Je veux être cette femme qui donne la vie à un être qui vient de ses entrailles. Je ne serai plus seule, je ne serai plus orpheline. Je serai une créatrice de vie, faire grâce de la vie. Mes larmes coulent sur mes joues, des larmes de joie et de bonheur. Plus rien ne compte, sauf moi et ce petit être, qui grandit en moi.

Le précieux cadeau des cieux.

Le médecin me passe un mouchoir et me félicite. Je remets ma djellaba et je sors de chez lui. Enivrée de multiples sensations, exaltée par cette merveilleuse nouvelle. Moi, Aïcha, future maman, c'est le plus beau jour de ma vie.

Sy Taher est très joyeux et plein d'allégresse, il a tenu à annoncer ma grossesse à ses enfants, avec solennité et beaucoup de faste. Il a offert des moutons, à cette occasion, devant la mosquée de sidi Abdel Aziz[7].

À l'annonce de la nouvelle, les visages de ses enfants, sans exception, sont d'une tristesse infinie. Les rares mots de politesse, censés me féliciter, sont pleins de haine. Pour la première fois, je vois dans le regard de mon mari, la peine et la déception. J'ai mal pour lui, moi je me suis fait une raison et je comprends même leurs rancœurs vis-à-vis de moi, et je me fiche un tantinet de ce qu'ils pensent. Je me protège. Le reste…

J'ai un bonheur absolu, mon bébé, mon ventre qui s'arrondit. La joie d'être enceinte est le sens même du mot, miracle !

L'arrivée d'un être qui vient de moi et c'est ma vie qui prend vie. Je regarde tout le monde, je souris, je me réjouis et je fais des youyous avec le personnel de la maison.

Une semaine après la fête, le destin va frapper à la porte du malheur. Ce jour-là, j'ai une discussion houleuse avec la grande fille de Sy Taher, Laziza. Elle ne m'aime pas, elle me le fait savoir tous les jours, que Dieu fait. Mais depuis ma grossesse, elle est plus agressive et hargneuse. Ce matin-là, je discute avec la cuisinière, de quelques changements dans ma nourriture. Vindicative et hystérique, Laziza interfère dans la discussion. Elle m'attaque, de front. Son ton est agressif, elle commence d'être très désagréable dans ses propos, très blessante. Je ne réagis pas, car je suis toujours sur mon petit nuage. Je pars, je la laisse parler. Je ne veux pas répondre, je remonte l'escalier, quand elle m'attrape par-derrière et me tire par les cheveux, avec colère et force. Je perds l'équilibre, je dégringole les marches. Je suis à terre, la tête me tourne et une douleur atroce parcourt mon corps. Je sens un liquide chaud couler entre mes jambes. Dans un effort

[7] Sidi Abdelaziz Tebâa, un des Sept Saints de Marrakech.

surhumain, je relève la tête. Je vois que c'est du sang. Mon bébé m'abandonne ! Il renonce à la vie que je voulais lui donner. Me voilà orpheline de nouveau, c'est mon destin ! L'horreur !

La douleur s'accentue de plus en plus, mes yeux se ferment et je me laisse partir. J'espère ne plus jamais me réveiller. Je pars…

J'ouvre les yeux, je vois un peu flou, mais je reconnais les visages de mon père, mes frères et celui de Sy Taher. Une chambre blanche et froide, j'ai besoin de quelques instants, pour me souvenir du drame que j'ai vécu en un instant, mon monde s'est effondré. Ma mémoire noie mes souvenirs immédiats. Le temps est troublé.

Nous sommes dans une chambre d'hôpital. Le médecin entre, il me salue, il parle l'arabe, avec un léger accent, que je reconnais. C'est un médecin juif marocain. Au Maroc, les musulmans et les juifs vivent en paix et en harmonie. La religion est affaire de chacun, notre patrie est à nous tous. Notre pays reste une exception d'ouverture et de tolérance dans le monde arabe. L'homme se présente à moi, docteur Faligant. « Ça va, Aïcha ? » Il est sérieux, je sens sa sollicitude, dans sa demande. Il ajoute : « Vous savez, vous avez donné des frayeurs à votre famille ! » Je suis complètement assommée par la douleur morale et la douleur physique. Je me sens pleine de nausée et de souffrances. Je n'ai plus de goût, pour rien. Avec le peu d'énergie qu'il me reste, je lui demande : « Vous avez réussi à sauver mon bébé ? » Un silence assourdissant, en guise de réponse. Ma vision s'assombrit. Un sentiment de solitude totale s'abat, avec cruauté, sur moi. Je n'ai pas envie de pleurer devant eux. Je dissimule ma peine, au plus profond de moi.

Dans ma tête, une question, une seule : pourquoi m'avoir ramenée à la vie ? On peut lire, dans les yeux de mon père *Je vous l'ai déjà dit, mais vous ne m'avez pas écouté, cet homme n'était pas le bon !*

Je le regarde, fixement, et je lui dis, sans aucun mot : « Il fallait que je le vive, pour le comprendre. Vous ne pouvez pas me mettre dans une cage, pour m'éviter les tragédies de la vie, et me protéger. »

Il dépose un baiser sur mon front. Ils partent, peinés, avec mes frères. Sy Taher, très calme, m'explique que sa fille n'a pas voulu me faire de mal, elle voulait simplement discuter avec moi. Je le regarde, glaciale. En moi, des torrents de colère se bousculent. Je lui annonce que je demande le divorce. Il me répond, confiant : « Je te laisse te reposer… Après, on discutera… Tu vas voir… » Il se dirige vers la porte de sortie. Je réplique, émue et tendue : « Il n'y a rien à discuter ! » La porte claque, violemment.

Je suis totalement décidée, je ne peux pas rester avec un homme, qui ne peut pas me protéger. Être la priorité de mon homme, c'est essentiel pour moi. À aucun moment, il ne m'a demandé ma version des faits, il préfère croire le récit de sa fille. Au moins, le message est clair !

La douleur de la perte de mon enfant et la trahison de mon mari me sont insupportables. Je suis effondrée, on m'administre un calmant, je m'éveille, le lendemain matin. Dans une sorte de brouillard inconfortable, encore nauséeuse. Comme dans les limbes.

C'est le jour de ma sortie, mon père et ma belle-sœur Warda sont là. Ils vont me raccompagner. Physiquement, je ne ressens que quelques bleus. Mais mon ventre est vide, sans mon bébé. Béance ! Je n'ai « rien ». Mais ma tête est un champ de bataille ! je suis dévastée !

Sy Taher se présente, mais je refuse de lui parler. Mon père lui répète que je veux divorcer. Il part, infiniment, triste et colère.

Je rentre chez moi, je retrouve ma chambre, rien n'a changé, sauf moi. Je me sens étrangère à tout. Le monde me semble hostile. Les gens me sont indifférents.

Quelques jours plus tard, Dada Zaina vient me voir, pour prendre de mes nouvelles et m'en apporter d'autres. Sy Taher est tombé malade, depuis deux semaines, il veut me voir. Au début, je ne le voulais pas, mais Dada Zaina a insisté. C'est une femme que je respecte. J'accepte.

Dans notre chambre, mon époux est allongé, amaigri, il m'apparaît encore plus vieux, j'ai mal au cœur de le voir dans cet état. Il me parle, je ne saisis pas tout ce qu'il me dit, car il a du mal à articuler. Il a les larmes aux yeux, il me demande pardon, il me dit qu'il m'aime. Je lui baise la main, je le rassure. Il continue à me regarder en silence.

La vie se retire. Dada Zaina nous interpelle, d'une voix noyée dans les larmes. « C'est fini, Aïcha, Sy Taher est allé chez le plus Clément. » Ma respiration, saccadée, devient de plus en plus bruyante. Ma voix s'étouffe, je suffoque. Je comprends que mon époux est mort, les temps à venir vont être épouvantables.

Je suis secouée de tristesse et d'amertume, la voix entrecoupée, je demande à Dada Zaina, dans un cri animal, pourquoi le Clément, ne l'est pas avec moi… Pourquoi ? Je hurle !

Et j'explose en sanglots ! Je suis veuve… J'ai perdu mon bébé. Quand on perd un enfant, il n'y a pas de mot pour dire la situation. C'est innommable. Je m'enfonce dans des territoires inconnus.

Chapitre III
Histoire d'amour et d'illusions

Aujourd'hui, c'est le dernier jour de ma période de deuil. En terre d'islam, la femme observe une longue période de souvenance, quatre mois et dix jours. Cette règle religieuse, et sociale, permet de confirmer que la veuve n'est pas enceinte du défunt. Bien évidemment, elle ne peut se marier durant cette phase. Au Maroc, les choses sont assez compliquées. C'est le seul pays, arabe et musulman, où la femme a l'obligation de s'habiller de blanc, pendant cette durée douloureuse, et doit restreindre ses sorties. Plus frustrant encore, elle ne peut aller au hammam, qu'aux aurores, pour ne pas transmettre la malchance aux femmes mariées. C'est une sorte de double peine, nous portons notre douleur, et, de fait, nous sommes exclues des codes de la société. Étant la veuve et la maudite, nous sommes une femme « bi-face », fort ! C'est une religion aux règles prégnantes, conçue par les hommes, pour eux-mêmes, bien évidemment. Les mâles décident comment les femmes vivent leur quotidien, y compris pendant leur deuil. Comme il se doit, aucune règle ou tradition n'oblige l'homme à une quelconque forme d'abstinence, ou de modération. Lui est libre ! Le décès d'une épouse, dans une sobriété drastique, l'assure d'une totale liberté pour vivre le deuil de sa femme, aucune limite ne lui est imposée. La plupart des hommes, endeuillés, se marient dans les semaines, qui suivent le décès de leur femme. Ils sont très libres.

Une période de deuil, où ils nous obligent à mourir avec l'autre, à suspendre notre vie, comme pour punir la femme de rester en vie. La société veut nous dire qu'on n'a plus d'existence, plus de valeur, autant qu'un humain, au moment où l'homme disparaît. Pendant ces quatre mois, j'ai trouvé la mort, avec Sy Taher. Je devais agoniser entre la douleur de perdre mon mari, et accomplir des rites désuets. Ne pouvant rester dans ce qui avait été mon domicile conjugal, j'ai dû réintégrer la maison de mon père. La demeure de mon défunt mari m'est close. J'en ai été chassée, comme une domestique. J'avais la maison de mon époux, je pensais que c'était un paradis… J'ignorais qu'elle allait prendre des airs d'enfer. Rester là-bas, où j'avais tout perdu, était devenu inconcevable et d'une extrême pénibilité.

Ma famille m'a beaucoup aidée, pour essayer d'être mieux. Celle de mon ex-époux, vindicative, a dressé une barricade infranchissable, entre ces deux moments de mon existence, pour m'en interdire les lieux.

Aux yeux de mon père, il y avait toujours son « Je t'avais prévenue… ».

Mon père m'avait prédit la fin, prématurée, de mon mariage. Neuf mois de vie maritale mitigée, un mari et un enfant perdus, une lutte sans merci, avec les membres de la famille de mon époux… Le goût du drame !

Je me sens comme maudite, les foudres du destin s'abattent sur moi, perpétuellement. Je regarde le ciel, je me demande ce que j'ai fait pour mériter une telle sentence, un tel châtiment. Je suis dans la peine et l'affliction.

Warda vient m'apporter de nouveaux vêtements colorés, je vais pouvoir jeter les actuels, bien sombres. Les vêtements blancs absorbent la noirceur de la mort. Au terme d'une longue journée, je peux regarder dans le miroir pour voir ce qui reste de l'Aïcha « d'avant », et de celle qui a disparu, à jamais. Je tremble de me voir. Tout a changé en moi, je me sens vulnérable, épuisée. Il faut que cette spirale négative s'interrompe. Le choix de ce chemin, tumultueux et chaotique, me fait regretter, amèrement, mes décisions passées.

Je cherche, inlassablement, une lumière à l'intérieur de moi. Cette flamme, qui nous permet de continuer, malgré nous, mais qui est, aussi, le siège de nos désirs, et de notre espérance.

Ce matin, j'ai l'impression que ma vie s'est arrêtée… Je dois tout recommencer, depuis le début. Je me demande comment m'en sortir ?

Je suis de nouveau chez moi, encore chargée de préparer les repas. Notable différence, je ne suis pas seule, Warda est près de moi. Je sens le poids de sa présence, et de sa bienveillance. Cela allège mon quotidien, d'autant. C'est étrange, je me sens prise par mille activités, j'ai une foule de choses à traiter, je ne sais par où débuter. Je dois aller rendre visite à Oum Khala, elle me manque beaucoup. Je dois tourner la page, je dois sortir après mon long séjour, forcé, à la maison. Je suis toujours vêtue de blanc, une sorte d'assignation à résidence.

Je me dirige vers la porte de la maison, quand j'entends mon père m'appeler. Impossible de m'esquiver : je me retourne et me dirige vers lui. Je l'embrasse sur la tête, soumise, je l'écoute. Il me demande d'entrer dans sa chambre, mon Dieu ! Cela doit être sérieux. Je m'assieds délicatement sur le canapé. Des questions se heurtent dans ma tête, à toute vitesse. Je m'interroge… Il commence à me parler de l'héritage de mon défunt mari. Il avait de nombreux enfants, même s'il était riche, il ne va pas me rester grand-chose. Je n'ai pas, encore, pensé à cela. Surtout, j'ai demandé le divorce avant sa mort, mais le pauvre est parti avec l'idée, profondément ancrée, que les choses n'iraient pas plus loin. À l'évidence, il pensait que nous nous remettrions ensemble. Il n'imaginait pas, sérieusement, que nos chemins pussent se séparer. C'était tellement plus simple, tellement mieux, pour lui. Il ne réalisait pas à quel point, j'avais décidé de quitter le navire. Entre-temps, je pense que l'embarcation a chaviré. Fini !

Je n'écoute pas, vraiment, les paroles de mon père. Je lui demande de s'occuper de toutes ces éventuelles tracasseries. Avec un large sourire, il accepte.

Je vais chez Oum Khala. Je profite de ses qualités d'écoute, pour me confier à elle. Dada Zaina se joint à nous, je sens son cœur gros, sa peine est visible, sa voix est altérée par des sanglots. Les mots s'entrechoquent, noyés dans les larmes. Rien ni personne ne peut me consoler, de toutes les manières. À la fin de mon récit, je ressens une vague de honte, à me dévoiler autant.

Même si c'est ma famille, j'ai honte de ma faiblesse, je tente de me reprendre et je me dis que je dois tout faire pour sortir de ce malaise, dans lequel je glisse. Je ne dois plus, je ne veux plus, me lamenter sur mon sort. Il convient que ce soit la dernière fois. Assez de pleurs et de gémissements. Je dois refouler mon chagrin.

Je ne supporte pas cet état d'abattement complet, cette femme faible que je suis à cet instant, non ce n'est pas moi. Ce n'est pas possible. Je ne dois pas !

J'ai eu un moment de flottement, je dois repartir pour un tour, je sens les claques de la vie. Je sais que je vais en recevoir d'autres, encore. C'est l'essence même de l'existence, avancer, malgré l'adversité, les obstacles, les handicaps. Je passe la soirée avec elles, quelques sourires illuminent nos visages, leur amour me réconforte et renforce mes croyances et mon espérance.

Je demande à Dada Zaina d'avoir la possibilité de retourner travailler, au magasin, en attendant de retrouver une autre occupation. Elle saute de joie, immédiatement, elle sort son trousseau, et pose, devant moi, avec plaisir et confiance, la clef de la boutique et celle de la caisse. Sa reconnaissance et sa bienveillance me touchent.

À mon retour au travail, je recommence les commandes, les factures et la décoration des vitrines. Je sens que les choses s'arrangent doucement. Je n'arrive pas à croire que je ne suis pas revenue depuis quelques mois. Mon esprit se plie à mes gestes.

D'un autre côté, mon père commence de se bouger pour moi. Le lundi, je dois aller signer une procuration pour mon père au commissariat de Jemaa el Fna[8].

J'espère que son sérieux et sa ténacité vont faire des merveilles. Mon héritage est en jeu. Cela, aussi, me force à revenir dans le réel. J'espère que les choses iront bon train.

Nous nous présentons dans le bureau d'un policier, il fait mine d'ignorer notre présence, et reste la tête dans ses papiers. Mon père, fort poliment, tente d'attirer son attention. Il rappelle que nous avons rendez-vous. Le fonctionnaire lève la tête, nous regarde, on le sent dérangé dans ses tâches. Il est étonnant, il parle à mon père, mais ses yeux ne quittent pas les miens. C'est franchement gênant. Un peu désarçonnée, je choisis de glisser mon regard vers le sol. La conversation s'éternise entre lui et mon père. Je me sens exclue. Je lui demande de pouvoir signer un document, qu'il montre à mon géniteur, mais pas à moi. Je dois partir pour le travail. J'appose ma signature, il me fait un signe avec son doigt et je m'esquive, promptement. Assez soulagée.

Nos clients sont de plus en plus nombreux. Avec Aziz, et Hassan, nous rigolons bien, l'ambiance est positive et détendue. Nous pouvons, même nous chamailler, un peu comme des sœurs ou des cousines.

Après une belle journée de travail et des clients toujours enchantés, la nuit commence à tomber. Je me suis attelée à la comptabilité du jour, mes deux collègues nettoient les étagères des vitrines. J'entends une voix, pas complètement étrangère, dire « Bonsoir Aïcha ! » Je me lève, hâtivement, avec les jambes tremblantes, je sens que des émotions m'assaillent de nouveau. Le policier est là, avec son regard fermé. Je murmure : « Bonsoir, monsieur le policier ! »

Hassan et Aziz ont stoppé, d'un coup, leurs mouvements. Un peu comme si nous étions des délinquants et qu'on vienne nous chercher. Sous le règne de sa majesté, le roi Hassan II, la police a tous les droits.

---

8 Une place emblématique de la ville de Marrakech.

Ses membres sont respectés, et craints, à la fois. Les sujets du roi n'ont pas le droit à l'erreur. Certains, téméraires, l'ont payé très cher, parfois, de leur vie, même. Les personnes, qui s'opposent aux règles instaurées par le souverain, disparaissent dans la nature. Même leurs familles ne les réclament point. Ils savent que c'est inutile, voire dangereux. C'est l'œuvre de Driss Basri, le ministre de l'Intérieur, qui dirige la sécurité intérieure, d'une main de fer. Les gens le haïssent, mais le peuple adore notre roi. C'est un homme d'État extraordinaire, et d'une sagesse incomparable. On le voit dans des discours et des interviews, donnés à la presse, tant nationale, qu'internationale. Notre pays s'exprime et se fait entendre.

Moi, j'aime bien écouter ses paroles, et j'apprécie son élégance.

L'homme me répond sèchement : « Je ne suis pas là, en tant que policier, mais comme client. »

Je dis : « Bien sûr, monsieur ! » Le sourire revient, timidement, sur mes lèvres.

Il choisit quelques douceurs, je fais préparer le plus beau des emballages. « Voilà, monsieur ! »

Il répond très vite : « Je me nomme Si Hamad… Combien est-ce ? »

« Enchantée, Si Hamad… » Je pense : « Joli prénom… »

Je lui explique qu'il s'agit d'un cadeau de la maison. Oui, cela peut arriver que l'on fasse un cadeau à un cadre de l'État. Peut-être, un jour, rendra-t-il service ?

À mon grand étonnement, il refuse catégoriquement. Il paie et repart, *ipso facto*.

Je remarque qu'il m'a regardée, un peu bizarrement. Question : « Qu'est-ce que cela veut dire ? »

La famille s'est agrandie. Au dîner, retrouvailles de la tribu. Warda a donné naissance à sa seconde fille, prénommée Ahlam. Je sais que Malek, qui a deux petites, déjà, veut un garçon pour la prochaine fois.

Je le connais bien. Les fillettes jouent à côté de nous. Nous discutons et mon père est bien silencieux, ce soir. Avec mes frères, nous rions et plaisantons, Warda nous apporte du thé, pour finir la soirée en beauté. Les filles de Malek m'aiment beaucoup et c'est réciproque. Elles sont la prunelle de mes yeux. Une ou deux fois par semaine, elles dorment avec moi, dans mon lit. Je leur raconte des histoires, avant de nous endormir. Je les laisse jouer avec ma poupée espagnole. Elles savent mon attachement pour elle. Je la garde précieusement, c'est Mohamad qui me l'avait rapportée de France. Mes nièces sont très attachées à moi, car je les sauve toujours des corrections de leur maman, Warda, qui n'est guère clémente avec elles.

Entre Warda et Malek, les disputes sont fréquentes. Et après, elle passe ses nerfs sur les pauvres petits. Cela m'insupporte !

Pour me rendre au travail, j'ai fait mon choix : j'y vais à pied, c'est le plus pratique, le plus doux, le plus humain. J'aime les ruelles de la médina. Je connais chaque passage, chaque maison, chaque commerce. Je suis chez moi, et je sais que j'ai de la chance. Je me sens en accord avec moi-même, dans les entrailles de cette ville rouge, pleine de mystère et de charme. J'aime me sentir toute en beauté, je porte, souvent, ma djellaba rouge, ornée de quelques motifs noirs. Élégance et sobriété, c'est ce que j'ai appris près d'Oum Khala. Mon look : mes cheveux sont sagement rangés sur le côté, pour ce qui est du maquillage, je reste dans le classique féminin, du khôl et un rouge à lèvres rouge mat. En prime, j'affiche une démarche assurée, je porte la tête haute et les seins en avant. Et, *nec plus ultra*, ma signature, quelques gouttes du parfum *Rêve d'or*.

Je souris à tout le monde. La matinée est bénie, je me sens très heureuse. À mon arrivée au magasin, les deux garçons me complimentent sur mon allure et mes vêtements. D'un signe de main, je les remercie et les invite à se remettre au travail. Je tiens à mon image… Il faut penser au labeur quotidien, nous ne sommes pas là pour nous jeter des fleurs. Nous sommes là pour travailler, encore !

Même si je garde un rapport fort, avec une image d'autorité et d'exigence, je suis séduite par leur bienveillance, leur comportement me touche. Je les trouve sympathiques, et franchement mignons. Au fond de moi, je sens que ce sont de jeunes hommes, pleins de vie et de forces… Ce sont, encore de jeunes gens, mais leurs corps sont porteurs de mille promesses. Parfois, mon regard s'attarde sur leurs biceps, qui saillent, à la sortie du tricot de peau. Évidemment à l'intérieur de moi, j'aimerais être moins sévère envers eux. C'est difficile !

Les clients vont bientôt se presser, ils vont venir en nombre. Dans quelques jours, ce sera la fête de « Mawlid Ennabawi » c'est la célébration de la naissance du Prophète Mohamed. À la fin de la semaine, notre bénéfice sera substantiel.

Je suis dans les comptes, je vois une silhouette se présenter à moi. Je suis un peu perturbée, mais je ne laisse rien transparaître. Mise au point du regard. « Bonjour, monsieur Sy Hamad… Vous pouvez constater, monsieur, que je ne vous appelle plus, monsieur le policier… » Je souris, lui aussi commence à rire. Il rétorque : « Et je vous en remercie. » Il choisit quelques gâteaux, au moment de payer, il me dit : « Vous me plaisez beaucoup… Est-ce que je peux me permettre de vous inviter à prendre un thé au *café de France* ? Ce n'est pas très loin de votre travail… » Je voudrais répondre, simplement, impossible ! Je suis prise de bégaiement. J'ai du mal à m'exprimer. Ma parole s'enfuit. D'une voix brouillée par l'émotion, je bégaie : « Oui, vendredi, après mon travail. » Je me sens rougir.

Il me dit : « Parfait ! À vendredi, alors ! » Et il quitte la boutique.

Moi je reste immobile, entre confusion et surprise. Je me sens troublée. Une émotion m'envahit.

Sur la route du retour, je pense à cet homme, son regard, son invitation. Je ressens un brin de joie, et je dois le confesser, une sorte d'excitation. J'ai hâte d'être à vendredi. Je ressens une grande curiosité, j'ai envie de le connaître un peu plus, un peu mieux. Je suis incapable de dire pourquoi, je ressens ce déluge de sensations et d'émotions, pour cet homme, que, finalement, je ne connais presque pas. Nous avons échangé quelques mots, rien ne me rapproche, réellement, de lui ni lui, de moi. Et pourtant, je sens des envies, des confusions. Je m'échauffe.

Deux jours plus tard, je suis à la terrasse du *café de France*, j'attends mon « contact ». Je me sens fébrile, un peu tendue. Monsieur le policier affiche dix minutes de retard. Pour la troisième fois, le serveur me demande, à la limite de l'insolence, ce que je veux boire. Je lui répète la même chose : « J'attends quelqu'un ! » et dans ma tête, je rajoute « abruti ! » Avec son collègue, ils se tiennent à deux mètres de moi. Je sens qu'ils me jaugent. Ils parlent doucement, dans leur barbe, et ils me regardent. Je reconnais une chose : je suis la seule femme marocaine attablée, et non accompagnée. Les autres clients sont majoritairement des touristes, de toutes les nationalités. Je fais semblant de regarder mon sac pour éviter les regards empreints de curiosité, autour de moi.

« Bonjour Aïcha ! Je suis désolé pour le retard. Une urgence au commissariat. » Je suis soulagée ! Il est là devant moi, pour la première fois. Je vais pouvoir le scruter soigneusement, c'est un homme de fort belle taille. Il est très blanc, avec des yeux verts. Une rareté à Marrakech, la porte du Sahara marocain. J'apprends, un peu plus tard, qu'il est originaire du nord du Maroc, de la ville de Tétouan.

Un visage, presque carré, sur de larges épaules, j'imagine qu'il s'agit d'un habitué du centre de musculation. Il est venu avec son uniforme. Les cheveux sont bien plaqués en arrière. Je peux le dire, c'est un très bel homme, qui impressionne par son attitude et sa carrure. De plus, je dois avouer que son regard, perçant, fait un peu peur… Bref, il m'impressionne !

Au-delà de ces éléments de perception, je sens que certaines images traversent mon esprit. Je l'imagine torse nu, je vois son corps… Je regarde ses fesses musclées et duveteuses, ses jambes solides… Un peu comme des flashes, dans un film. Je repousse ces « mauvaises pensées », elles réapparaissent… Je souris.

Les deux serveurs sont mal à l'aise. Je pense qu'ils connaissent mon rendez-vous, et son pouvoir.

Un des deux garçons vient prendre notre commande. Assez entravé aux entournures, il se présente avec une gêne visible. Ses yeux sont rivés sur ses chaussures, il prend note de nos boissons, on sent son inconfort et sa maladresse. « Deux jus d'orange, je vous prie. » Il file, comme une flèche, avec célérité. À l'intérieur de moi, je jubile.

Nos consommations sont devant nous. Pendant la première demi-heure, j'ai le sentiment d'être au commissariat, un peu en garde à vue. Il me pose des questions, qui se suivent, et je réponds machinalement.

Maintenant, il connaît un peu plus de choses sur moi. Je me demande comment il va faire avancer les choses.

Pendant son interrogatoire, je vois, dans ses yeux, la déception, quand il comprend que je suis veuve. Je pense qu'il préférerait que je fusse vierge. Je décide de répondre au coup par coup. À ce moment-là, je lui demande s'il est vierge, lui-même. J'accompagne ma question d'un sourire au coin de la bouche, je joue à la fille effrontée. L'étonnement le frappe de plein fouet. Il écarquille les yeux, de surprise. Sa réponse est tranchée et rude : « Je suis divorcé deux fois, j'ai deux enfants, un fils et une fille, avec lesquels je suis en froid. » Je le sens perturbé par mes questions, en définitive, je le juge moins confiant à répondre aux questions, qu'à les poser aux autres. Je suis contente de moi, j'ai réussi à l'impressionner. Il essaie, même, d'esquiver certains thèmes. Je lui pose une dernière question, pourquoi cette invitation ? Je crois bien que j'ai une idée, mais je préfère m'en assurer. Avec un air, légèrement énervé, il me dit que je lui plais et il veut qu'on fasse un peu plus connaissance.

Je bois un peu de mon orange pressée. Je lui réponds que je suis ravie de faire sa connaissance, mais que je ne peux pas sortir avec lui, dans des cafés ou des restaurants à Marrakech. Chez une femme, veuve ou divorcée, sa réputation est la seule chose précieuse qui lui reste, dans notre société. Il mordille ses lèvres, et me répond : « Je comprends, Aïcha… Tu as complètement raison. Je respecte ton choix. » Je lui transmets toutes mes excuses, et je me retire. Je m'éclipse promptement.

À la maison, je cuisine avec Warda. Nous préparons un *trid*, un plat traditionnel, composé de pâtes, faites maison, et de poulet en sauce. Un délice de la cuisine marocaine. Warda prépare la pâte, et moi, le poulet. La musique nous entoure. Nos corps ondulent, au rythme de la musique d'Abdessadeq Cheqara, qui chante *ya bent bladi*, ce qui signifie « fille de mon pays ». Une chanson merveilleuse, c'est, aussi, une de mes préférées. Je raconte à Warda mon entrevue avec ce fameux policier, Sy Hamad.

Elle est aussi excitée que moi. Elle me dit : « Viens ! » Elle me conduit au patio de la maison et elle s'adresse au ciel, elle récite des prières et je la suis. Vendredi est un jour béni chez nous.

Peut-être nos prières arrivent-elles à l'oreille, absolue, de Dieu ? Je l'espère. Sincèrement.

En vérité, je suis fière d'avoir séduit cet homme, sérieux, carré et directif. Il me plaît beaucoup, mais je me demande s'il n'est pas atteint par une sorte de déformation professionnelle. Ses yeux disent tout ce qu'il se force à occulter. Tout s'est déroulé à merveille, comme je le souhaitais. Autant, je suis expressive, autant il est en retenue.

Je suis arrivée à le déstabiliser, je me demande si je ne le fais pas vaciller. Cela m'intrigue et m'excite assez. J'aimerais qu'il bougeât dans ses certitudes, bardé qu'il est, dans ses médailles, mémorielles. Sur un ton, franchement vaniteux, il m'a annoncé, avec fierté, qu'il avait servi la France, pendant la guerre d'Indochine (1947-1954).

Même si l'historiographie de cette guerre s'est peu intéressée aux combattants nord-africains, qui y ont participé, des Marocains ont rejoint les rangs des Vietnamiens, au sein des troupes françaises, comme je l'avais appris, en lisant une presse plus ou moins interdite, ouvertement opposée à la domination française.

J'avais connaissance de ces éléments historiques, même si nous n'avions pas le statut de « colonie », comme nos voisins algériens, mais je ne connaissais personne ayant servi dans ce conflit. Il n'empêche que je n'ai jamais compris pourquoi l'Europe exigeait la venue de « colonisés » en temps de guerre, comme pendant les deux conflits mondiaux, et les préférait assez loin, quand la paix régnait. Les Trente Glorieuses allaient, sur ces questions-là, aussi, brouiller et redistribuer les cartes. Quand la France eut besoin de main-d'œuvre docile, elle fit, largement appel, aux Maghrébins.

Pendant son récit, je vois dans ses yeux une certaine fragilité, je sens Sy Hamad, un peu vulnérable, comme portant des aveux de faiblesse. Un moment très émouvant.

De plus en plus, je me surprends à penser à lui. Le soir, mon sommeil m'abandonne. Des rêves m'assaillent. Ses bras se referment sur mon corps. En moi, des pensées se mettent en mouvement.

Une semaine après notre rendez-vous, plus de nouvelles de monsieur le policier. J'ai repris la routine de mon travail, je l'adore. J'ai le sentiment d'être, réellement, à la bonne place. Maintenant, c'est une affaire prospère. Nous nous efforçons de faire plus et mieux, dans la confection de nos pâtisseries, comme dans l'accueil et les services à la clientèle. Nous ne négligeons rien, nous soignons le moindre détail. Les clients sont bichonnés et accueillis en grande pompe. Rien dans le magasin n'est laissé au hasard. Nous sommes une équipe, convaincue d'accueillir nos clients avec sourires et amabilité. Nous avons joué la bonne carte, cela fait toute la différence avec la concurrence. Ils sont moins soucieux dans les détails, que nous. Ils restent, davantage, dans les grandes lignes traditionnelles, du commerce, genre « au revoir et merci ». Une pratique très répandue chez nous. Mes goûts sont tournés vers les détails, la précision et une certaine élégance. J'aime que nos clients se sentent « si bien traités ». J'ai hérité cette manie de mon père.

En parlant d'héritage, mon père n'a pas pu récupérer grand-chose, sur les biens de mon défunt époux, le montant de « ma part d'héritage », est bien modeste. Bien évidemment, les enfants de mon ancien mari ont usé de tous les artifices possibles, pour que je perçoive une part pécuniaire minima, c'est chose faite. Je n'attendais rien du tout, j'ai du mal à savoir si je dois entrer en lutte, contre eux, ou « passer la main ». Quel est le sens des choses ?

Un soir, mon père me demande ce que je veux faire de mon argent, à ce propos, il me propose d'acheter une petite maison, dans le village de Tamesluht. Depuis notre enfance, chaque vendredi, mon père nous emmène là-bas, c'est le jour du marché hebdomadaire, au village. Nous partons très tôt, de façon à pouvoir prendre le petit déjeuner sur place. Des beignets chauds au miel, du thé parfumé à l'absinthe. Nous achetons des légumes et de la viande. Nous jetons un regard sur les brebis, accompagnées de leurs petits agneaux. Des montagnes de fruits et légumes, des piles d'épices, des sacs pleins de plantes… Oui, c'est le souk ! Il règne une ambiance merveilleuse : on se parle, tout le monde se côtoie, on goûte les denrées, on se retrouve, entre membres de la famille, entre amis et connaissances… Mon père a toujours rêvé d'avoir un pied-à-terre dans le village de son enfance. Sons trop réfléchir, je lui dis qu'il peut acheter la maison de ses rêves. Je veux oublier cette histoire, tourner la page de ce moment si douloureux, occulter les violences et les humiliations. Je porte une sorte de refus viscéral de tout ce qui vient me rappeler tous ces événements passés, tristes et éprouvants. J'aimerais gommer toutes ces douleurs et ces moments de déception. Je veux tout faire pour me départir de ces échecs, les abandonner comme de vieilles hardes derrière moi, et partir, libre et légère, presque nue, après cette sombre épreuve de ma vie.

Mon père saute de bonheur, il me prend dans ses bras. La voix altérée par une émotion incontrôlée, il me dit : « Merci ma fille ! » Je lui baise la main et le front, j'ajoute : « L'essentiel, c'est que vous soyez heureux, père ! »

Après une journée bien remplie, passée au travail, je rentre joyeusement, et fatiguée, à la maison. J'ouvre la porte en chantant « lghozala Aïcha », littéralement « la belle Aïcha », d'un nouveau chanteur, nommé Hamid Zahir, une chanson composée, sur mesure, pour moi, j'en suis persuadée. J'entends la voix de mon père, discutant avec quelqu'un. Je passe par ma chambre pour déposer mon sac. Je vais dans la cuisine, je dépose des baklawas et des cornes de gazelle sur la table de la cuisine. J'entre dans le salon, pour saluer mon père et ses invités. Warda est en train de servir le thé et les petites galettes, au beurre et au miel. Mes yeux aperçoivent l'invité de mon père, je ferme les yeux et les ouvre… Incroyable ! je ne le crois pas : hallucination ? Ou rêve éveillé ? C'est lui qui est là, à s'esclaffer avec mon père, c'est Sy Hamad ! Je sens le sol se dérober sous mes pieds. Mon père prend les devants et me dit de m'asseoir. « Bonjour, Aïcha, tu vas bien ? » Le mensonge est de rigueur, je réponds : « Très bien, merci… » Avec un sourire narquois, il ajoute : « Je voulais te faire la surprise ! » Je réalise que nous n'avons pas la même définition du mot *surprise*. Loin de là. Non, je ne crois pas. Mon père, avec un air amusé, m'annonce : « Sy Hamad m'a demandé ta main, et j'ai dit *oui*. Et toi ? qu'en dis-tu ? » Dans ma tête, je me dis : « Est-ce que, vraiment, j'ai le choix ? » Heureusement que j'apprécie cet homme, même si je n'apprécie guère cette manière de demander ma main, sans me prévenir. Il se croit original, et différent ! Je regarde mon père et je lui réponds : « Si tu es d'accord, père, je le suis aussi… » Regards, tensions, émotion… Très émue, je quitte le salon.

Dans le patio, je vacille, mes pieds me portent à peine. Entre étonnement et stupeur. J'ai l'impression que mon histoire, avec les hommes, est faite de sensations fortes et contradictoires. J'aimerais bien vivre des événements joyeux, comme tout le monde, en sérénité et joie simple. Sans émotion ni conflits. C'est la soif de mon âme, torturée par le passé. Les deux hommes que j'ai connus, à ce jour, m'ont entraînée dans des chemins différents. Mais, à chaque fois, j'en suis sortie mortifiée, blessée, fracassée au niveau du cœur. En moi, quelque chose dysfonctionne.

Dans ma chambre, mon calme revient. Force m'est de reconnaître que j'ai des sentiments naissants pour cet homme. Je le trouve magnifique, il est intrigant, mystérieux. Ce qui me tourmente, c'est que quelque chose, en lui, me taraude, impossible de mettre un nom sur ce trouble. À chaque fois, ses yeux verts me ramènent à lui. Ils sont irrésistibles !

Sy Hamad a demandé à mon père la permission de sortir, pour choisir une alliance, nous sommes très loin de l'univers de Sy Taher. Mon ancien époux avait fait venir le bijoutier à la maison, ce jour-là, je pus choisir tout ce que je voulais. Mais cet homme, nettement plus jeune, très beau, procède d'une façon plus traditionnelle. Nous allons nous rendre dans la boutique d'un joaillier, comme monsieur et madame tout le monde. C'est différent ! Dans la vie, on ne peut pas tout avoir. Je me prépare comme il se doit. Je m'habille comme une jeune fiancée, ou une jeune épousée, je me pare de respectabilité bourgeoise. Il vient me récupérer avec sa moto, une *Suzuki* flambant neuve. C'est la première fois que je le vois habillé en civil. Il porte une chemise blanche, à manches courtes. Un jean irréprochable, bien coupé, assez moulant. Quand il marche vers moi, je cherche du regard, les muscles des bras, qui indiquent sa force virile, les cuisses gainées de bleu, témoins de sa puissance masculine. Mon regard est attiré par ses avant-bras bronzés, je cherche à percevoir ses muscles saillants. Je remarque sa ceinture, très « cuir et métal », et sa braguette, porteuse de rêves. Ses cheveux, plaqués en arrière, mettent en valeur son visage carré, il ressemble à un dieu de l'Olympe, ou, au moins, à un guerrier grec, compagnon d'Achille. Je souris, je me place derrière lui. Il me lance : « Tu seras obligée de me serrer, si tu veux arriver, saine et sauve, à Mellah ! » Il s'agit du quartier juif de Marrakech, il abrite une majorité des bijoutiers de confession juive.

Par un reste de pudeur, j'hésite avant de le ceindre de mes bras. Mais quand, la moto se met à dévaler les rues de Marrakech, je le serre fort, très fort. J'ai une peur bleue, alors, je ferme les yeux, je les rouvre. Il m'arrive, deux ou trois fois, de crier, incapable que je suis, de me retenir. Au fond de moi, je ressens une sorte de plaisir. Profond !

Nous arrivons devant la bijouterie, nous descendons de la moto, mes jambes flageolent un peu. Je jette un regard circulaire à l'ensemble de la vitrine. Je choisis l'alliance la plus simple, bien évidemment, son prix est raisonnable. À son sourire, je sais qu'il est content de mon choix.

Il m'invite à prendre un thé, dans un petit café. Nous parcourons quelques mètres à pied, je suis obligée de constater que Sy Hamad remporte de grands succès, chez la gent féminine. Je suis émoustillée par cet engouement. Je biche un peu.

Une vaste discussion s'engage. Je remarque qu'il me pose de nombreuses questions, mais il très discret sur sa vie, à mon goût. Chaque fois que je l'interroge sur sa famille, son passé, sa vie, il prend des chemins tortueux pour répondre. J'apprends qu'il a vécu dans la ville de Demnate, une bourgade de la province d'Azilal. Il n'a pas de maison à Marrakech, il loue un studio, dans un vieil hôtel. À ce propos, il me propose de rester habiter chez mon père, et que nous nous retrouvions, de temps en temps, à son hôtel. L'idée est assez saugrenue, mais sa proposition est, surtout, une information et une condition. Mon cerveau se met en marche… « Qu'est-ce que cela veut dire ? » Je n'ai pas le choix, je ne peux ni dire « oui » ni « non ». Il m'explique qu'il n'a pas un salaire élevé, et qu'il en envoie une partie, à ses parents, pour les aider. Je prends mon courage à deux mains, je l'informe que je tiens à conserver mon travail. Il n'est pas question que je m'arrête. Il m'entend, il n'a pas le choix non plus. Il donne un dirham au gardien du parking, nous partons dans le silence. Cette sortie était tout, sauf un rendez-vous amoureux. Je crois que je dois oublier les films égyptiens, que je regarde souvent. Ils sont pleins de « *Happy end* ». L'amour au cinéma reste un mythe, une invention.

Même quand il me dit qu'il a des sentiments pour moi, il me parle sans me regarder, sans une vibration quelconque dans la voix, ou un regard tendre. Il faut que je me prépare à faire avec la rudesse de cet homme.

Cependant, je m'interroge.

Tandis que le mercure grimpe au cœur de cet été étouffant, le travail augmente sans cesse. C'est la saison des mariages. De plus en plus de familles préfèrent commander les gâteaux et les pastillas chez nous. Une nouvelle habitude dans notre société, qui valorise le « fait maison ». À ce propos, une des exigences des hommes chez nous, une femme doit être une bonne cuisinière, cela fait partie de ses devoirs. De la sorte, son attraction est encore plus grande auprès des hommes. Encore une fois, je mets en lumière une dimension phallocratique de notre société.

Une femme qui sait cuisiner possède les moyens de manier un homme. Un homme, bien nourri, est un homme qui reste fidèle. Autrement, il cherche une autre épouse. Une réalité aberrante de nos jours, mais extraordinairement persistante dans nos consciences. Nous avons grandi dans ces valeurs et dans ces chemins.

Au début du mois de septembre, je me marie, enfin ! Sy Hamad était très déçu que je remporte la date jusqu'à la fin de la saison. Mais l'activité de la boutique était trop lourde, pour envisager un tel moment. J'étais vraiment focalisée sur nos activités.

Avec la charge du travail, il me tardait que cette période éprouvante se terminât. Avec mon amoureux, depuis les fiançailles, nous nous voyons, une à deux fois par mois. Au début, mon père fut étonné et en même temps heureux que nous ayons fait le choix d'habiter avec eux, dans la maison familiale. Je refais la peinture de ma chambre, j'ai acheté un grand lit en fer forgé, avec un soleil doré, en tête de lit. J'ai changé les tissus du petit coin-salon, en rouge et bleu. Je n'ai rien demandé à Sy Hamad, d'ailleurs, il ne m'a rien proposé non plus. Je refais la décoration à ma guise et cela m'enchante. Tout mon argent passe dans les travaux, pour le moment. À la prochaine saison, je rachèterai un caftan ou deux. J'ai encore beaucoup de jolies robes de mon ancien mariage, mais je souhaite tourner la page, rompre avec cet épisode de ma vie, assez douloureux. Comme je ne suis plus vierge, l'homme n'a plus guère d'obligation financière vis-à-vis de moi. Il paraît que j'ai moins de valeur qu'une pucelle, encore une règle absurde, mais c'est une loi immuable de nos traditions surannées. Toutes ces choses sont incompréhensibles et insensées. Je suis révoltée et très émue de la condition des femmes de mon entourage. Manifestement, mon amoureux trouve son compte dans ces traditions, il m'a offert quelques babioles. Heureusement que je suis financièrement indépendante. Je dispose de mon propre salaire, il me garantit mon indépendance, me permettant de me faire plaisir, ainsi qu'à mes proches. J'ai bien intégré la leçon de mon premier mariage. D'abord, mon autonomie !

En plein dans mes pensées vagabondes, je suis interpellée par la voix d'un client, qui attend sa commande. Il me ramène à la réalité.

Le devoir m'appelle, je plonge dans le service, corps et âme. C'est le seul endroit où je me sens complètement heureuse, le magasin entouré de mes clients et mes admirateurs, j'ose le dire !

Entre les réjouissances et les déconvenues de la vie, le jour, tant attendu, est arrivé. Le jour de mon mariage, pas de grosse cérémonie. J'ai invité quelques membres de ma famille proche, ainsi que Dada Zaina accompagnée de Mina. Oumi Khala est absente, elle ne se déplace jamais, elle me manque, en cette journée, que je souhaite si belle. Sy Hamad s'est présenté tout seul, sans aucun membre de la famille. Je me prétends déçue devant mes invités, mais dans mon for intérieur, je me réjouis. Je pense à la famille de mon défunt mari, ils m'ont fait vivre l'enfer sur terre. Ce nouveau mariage m'aide à tourner la page. Plus jamais l'enfer !

Rien, absolument rien, ne va pouvoir gâcher cette journée de félicité. Je souris à mes invités, j'applaudis ma belle-sœur qui se donne à une danse frénétique, avec un peu de musique et beaucoup de youyous dans la maison, Warda réalise un exploit. Elle aime danser et cela fait plaisir à voir, le bonheur dans ces déhanchements lascifs. Cette fois, tout a changé. Je me marie avec la présence précieuse de mon père, mes frères et le reste de la famille. Je fais les choses comme il convient et comme je le souhaite. Je porte un caftan rouge argenté, j'ai orné mes cheveux d'Anglaises, tous mes cheveux sont en boucle. C'est la nouvelle tendance. Je suis ravie !

Mon homme, je peux le dire maintenant, car nous avons signé notre acte de mariage, je suis à nouveau une femme mariée. Le titre de « veuve » me faisait très mal au cœur et une réputation peu glorieuse.

Femme mariée, c'est le plus précieux Sésame pour une femme dans notre culture. Mon nouveau mari est en costume et cravate. Sy Hamad excite la curiosité de tous mes invités. Il est très beau et très timide. Je le regarde avec la tendresse de l'amour et l'intensité de la passion. Ses regards langoureux, pour moi, me font frissonner. Toutes les belles choses auxquelles j'ai rêvé se réalisent. Je perçois une douce sensation de « enfin le bonheur » peut-être.

Les festivités prennent fin. Les invités ont quitté la maison, mon père est allé dormir chez sa femme et mes deux frères sont dans leurs chambres. Un silence gênant s'empare de nous. J'essaie de broder un peu, sur la décoration de la chambre, mais en vain. Le silence occupe tout l'espace. Je me suis changée pour aller dormir, une superbe chemise de nuit en dentelle, longue et évasée. Cela met mon corps en valeur. Une petite goutte de parfum, les cheveux relâchés. Nous nous installons au lit, nous nous regardons comme des étrangers. C'est une sensation bizarre, déconcertante.

Il commence à me parler, à se révéler, à raconter sa vie sans tabou. Il raconte tous ses secrets. Je ne lui demande rien. Il désire m'éclairer sur lui, son enfance malheureuse, ses traumatismes, nés de la guerre. Une tranche atroce de sa jeune existence. Je pleure avec ses larmes et je souris à ses rires. À l'aube, il me prend dans ses bras, dans un élan d'amour, il me serre contre lui, désormais, je lui appartiens.

Nous sommes émerveillés par notre complicité et la fluidité de notre relation. J'ai l'impression de l'avoir toujours connu, et mon mari semble également heureux et apaisé. Les choses sont réglées entre nous, comme du papier à musique. J'ai décidé de ne prendre aucun moyen de contraception. Je veux avoir un enfant de lui, peut-être un peu brun comme moi et avec les yeux verts, comme son père. Je rêvasse un peu, je veux être mère, je veux vivre l'essentiel de la vie d'une femme : donner la vie, porter la vie en moi. Ne plus être orpheline. Le mot « maman », je l'entends, déjà, dans mon oreille. Je me délecte de ce mot magique. Sy Hamad, aussi, veut un enfant de moi. Je me demande s'il ne cherche pas à rattraper sa paternité perdue, pour les enfants de son précédent mariage. Lui est plus mesuré que moi sur l'envie d'enfanter.

Nous avons trouvé notre rythme de croisière. Nous passons trois jours chez mon père, et je rejoins mon époux, dans sa chambre, à l'hôtel, le week-end. Quand il est de permanence, il ne doit pas être loin de son travail. À l'hôtel, notre confort est rudimentaire. Je ne me sens pas très à l'aise. Même le regard du personnel de l'établissement me gêne terriblement. Je me résous à en parler à mon mari, aussitôt, il décide de mettre en garde le directeur. Je suis une femme honorable et je me méfie de la bêtise humaine.

Les jours passent paisiblement. Les quelques jours, que je passe, seule, chez mon père, je profite de mes trois nièces, je les adore et elles me le rendent bien. Warda attend un nouvel enfant. Je suis très heureuse pour elle, mais je ressens une pointe de jalousie incontrôlable. Je prends du temps à tomber enceinte. La voix douce de la petite Meriam me ramène la réalité. Elle me demande de coiffer ses cheveux, de lui faire des nattes. Excellente idée, ça me permet d'oublier mes questionnements et ma sourde peine.

Je m'enfuis de moi-même, cette intrigue m'envahit. Voilà un homme qui partage ma vie et que j'aime, mais ses mystères s'épaississent, malgré de rares échanges entre nous, c'est un taiseux. Je ne comprends pas ce qui cloche avec lui. Mais quelque part, la machine coince.

J'ai remarqué qu'il est un peu plus jaloux qu'au début, aussi, un tantinet nerveux dans sa manière de me parler. J'observe de nombreuses petites choses qui m'interpellent et qui ne s'améliorent point, avec le temps qui passe. J'essaie de me concentrer sur les belles choses que nous partageons. J'essaie de ne pas titiller sa jalousie. J'essaie d'être la femme parfaite, qu'un homme peut espérer. J'essaie et j'essaie… inlassablement !

J'espère qu'il s'aperçoit de tous les efforts que je fournis. Ma quête de parvenir à être mère cherche à m'épargner de voir tous les côtés sombres de cet homme. Je ne sais pas, vraiment, s'il m'aime, mais force m'est de constater qu'il veut garder une distance entre nous. Pendant les deux jours où nous ne nous voyons pas, moi, chez mon père, lui, dans son hôtel, il paraît toujours heureux. Heureux d'être loin de moi ? Seul, dans son hôtel miteux ? Son attitude, pas toujours claire et complètement incompréhensible, me perturbe, m'attriste.

C'est le matin, le jour va bientôt se lever. Je me prépare pour partir. C'est vendredi, un jour crucial dans la boutique.

J'ai pensé à lui parler, lui confier mes doutes et mes sensations. Je vais le rejoindre pour le week-end. Je suis optimiste et déterminée.

Aux alentours de 19 h je quitte le magasin, direction l'hôtel. À mon arrivée, Sy Hamad est encore au travail. J'endosse mon costume de bonne épouse. Je mets une nappe sur la table, je pose de petites pastillas au poulet. Une farandole de salades marocaines et quelques gâteaux pour le dessert. Je parfume la chambre avec un mélange d'ouds et d'encens. Je mets une robe rouge dorée, et je relâche mes cheveux. Je crois que j'ai réussi l'exploit de mettre cette chambre en valeur.

J'entends des pas dans le couloir. Je sais que c'est lui, il a une marche très particulière. Il se déplace comme à l'armée. J'ouvre la porte et je lui souris. Et brutalement, je sens la force de sa main sur ma joue. Il vient de me gifler. D'une force inouïe, il me pousse à l'intérieur de la pièce. J'ai du mal à réaliser ce qui vient de se passer. Je ferme les yeux et je les rouvre tout de suite, pour être sûre que je ne rêve pas. Il vient de me frapper !

Il entre, ferme la porte, en me disant « Comment oses-tu m'ouvrir la porte dans une tenue de traînée ? Tu imagines, s'il y avait quelqu'un dans le couloir ? »

Je le regarde sans le regarder, j'ai les yeux hagards. Je suis terrifiée. Je ne ressens pas, vraiment, de peine. La colère monte en moi. Je me précipite sur ma djellaba et mon sac. Je décampe… je pars sans bruit. Mon départ fabrique un refuge pour mon corps tremblant, mon âme déchirée. Il me parle, mais je n'entends plus rien. L'émotion me submerge. Dans les rues désertes, l'obscurité de la nuit dissimule mes larmes et étouffe mes cris. Solitude !

À la maison, tout le monde dort. Je me glisse dans mon lit, sans difficulté aucune, je m'endors, profondément.

Au lever du soleil, je suis devant mon miroir. Je découvre un visage pathétique : mon kohl fait tache, mes larmes ont dessiné des rivières sur mes joues, mon rouge à lèvres a débordé. Le visage triste d'un clown, c'est la première image que je vois de moi. Je me lave, je me prépare pour me rendre au travail. Un bonjour, de loin, à mon père et Warda, ils sont en plein petit déjeuner. Je m'éclipse.

Je crois que je commence à guérir de ma naïveté, ma foi dans la vie. Je continue à vivre tristement, en souriant à mon destin funeste. C'est toujours un flot de peine et de désespérance, qui m'engloutit. Il s'empare de moi, creuse le gouffre entre les rêves que j'ai tissés, et le cauchemar de cette réalité ténébreuse.

À la fin de la journée, Aziz et Hassan s'affairent à ranger et à nettoyer. De mon côté, je finis d'enregistrer la comptabilité du jour. Une tâche à laquelle je m'attache, chaque soir. « Bonsoir, Aïcha ! » La voix de Sy Hamad, comme un tonnerre dans mon oreille. Bien que tendue et émue, je souris, je dois rester calme et polie. « Nous parlerons à la maison chez mon père… Merci ! » Il est tout près de moi… Il me colle… Il insiste… Je suis sur mon lieu de travail, je dois éviter un scandale dans la boutique de Dada Zaina. Je quitte le magasin avec rage, il me suit, intempestif. À la sortie du souk, je m'arrête, je le regarde dans les yeux, froide et bouillante. « Une seule et unique chose, je veux divorcer ! Le reste ne compte plus ! »

Il est foudroyé, stupéfait de ma demande. Ses yeux, mouillés de larmes, sont bouleversants. Dans un moment, si sombre et si tragique, je me sens briller, je me sens victorieuse. Je cherche, dans ce regard, que je ne peux jamais pénétrer, la vérité, sa vérité. Je le sens vide et absent. Il me supplie de changer d'avis. Il essaie de m'explique que c'est par amour, qu'il m'a brutalisée. Je suis sidérée. L'amour ? De quel droit, parle-t-il d'amour ? Ce sentiment qui ne doit jamais inclure le manque de respect et la violence. Il s'est trompé d'épouse ? D'époque ? Autour de lui, autour de nous, de nombreuses femmes accepteraient d'être maltraitées. Il me fait penser à un enfant perdu. Il répète : « Je te conjure de me croire… Je t'en supplie ! » Son état me touche au cœur. Je suis déroutée par des émotions contradictoires. Le triomphe des larmes et de l'âme, qu'il exhibe, nue. Lui aussi, moralement, est nu… Je ne réalise pas qu'il me sert un petit couplet qu'il a déjà sorti… Encore une fois, je perds pied. Il va gagner, je ne le sais pas encore !

En rentrant chez mon père, je ne veux parler à personne. Je lui donne l'ordre d'ôter ses mains de mon buste. Je veux qu'il parte, qu'il emporte ses affaires avec lui. Warda nous a entendus, elle arrive en courant. La voix brisée par l'émotion, il lui explique notre crise. Soumise, elle aussi, elle me demande de lui pardonner, cette fois. Elle m'explique que mon frère la frappe tout le temps, mais elle reste pour les enfants.

Après une discussion longue et fatigante, je cède, je lui pardonne. Le piège se referme sur moi. Je descends, encore, un degré.

Notre nuit est belle, si belle… La magie fabuleuse des retrouvailles a raison de nous.

Que ferais-je de mes doutes sur cet homme ? Je ferme les yeux. Je ne veux rien voir. J'arrête les questionnements. Je tente de recommencer une tranche de vie, sur une page blanche. On oublie le passé. Entre mon travail et la vie, entre la maison et l'hôtel, le temps passe et rien ne vient égayer mes jours. Pas un signe de grossesse ! Mon ventre est froid, son vide emplit mon esprit. J'ai décidé de consulter un gynécologue, pour savoir la raison du « retard » de ma grossesse. Un de mes clients, le docteur Robert, est spécialiste. Au magasin, je lui parle discrètement, il me conseille de passer le voir. Le cabinet est surchargé de femmes, la plupart enceintes. Je discute avec certaines, tout de suite, je remarque que nous n'avons pas les mêmes problèmes. Les unes sont là pour le suivi de leur grossesse, d'autres, pour des contrôles, après l'accouchement. Les femmes présentes sont des personnes riches, d'un certain niveau culturel. La majorité, d'une manière générale, consulte la sage-femme traditionnelle. Même si elles n'ont pas fait d'études de gynécologie-obstétrique, ces sages-femmes travaillent grâce à leurs expériences professionnelles et empiriques. Leur diagnostic n'est pas, toujours, couronné de succès !

La secrétaire me prépare pour la consultation, j'avoue que je suis très mal à l'aise, c'est un moment très désagréable, invasif. Ma timidité est mise à rude épreuve. Mais je sais que l'enjeu est essentiel, j'ai besoin de savoir. Après un examen complet, le docteur Robert se dirige vers son bureau, je m'assieds et il fait de même. Je le regarde en souriant. Son regard, sombre et fermé, annonce le pire. Avec beaucoup de délicatesse, il m'annonce : « Je suis désolé, Madame Aïcha… Je dois vous le dire… Vous ne pouvez plus avoir d'enfants… Lors de votre avortement malheureux, le médecin a retiré une de vos trompes, alors que l'autre était, déjà, très abîmée… Je suis désolé… J'aurais aimé pouvoir vous aider. » Dans ma tête, je sens un séisme se déclencher.

C'est un véritable tremblement de terre ! Je viens de recevoir la nouvelle que je redoutais le plus. Je bascule dans le vide ! Ma vie part en vrille. C'est cela, la chose terrible, qui m'attendait aux aguets. Je crois que la nature a commis une erreur de calcul, il ne peut pas me faire ça. Le chagrin m'étouffe. Je souris et je pleure. Tous mes repères disparaissent. Ma sentence est la pire imaginable.

« Je vais devoir endurer une souffrance constante, Docteur ? »

Je le remercie, je paie, je sors. Je suis en « marche automatique ». Un pantin qui se meut, ma force de vivre s'échappe par une béance de mon ventre. Je m'égare dans les rues de Marrakech.

Je crois qu'on survit à tout. Il y a des épreuves qu'on pensait pouvoir surmonter, en chantant la force intérieure, la volonté de dépasser tous les obstacles. Chercher, à l'intérieur de nous, le courage de se reconstruire, soi et sa vie, foutaises ! Je sais que je vais continuer à avancer en traînant mes blessures, qui s'alourdissent et s'alourdiront encore, avec les années. On ne survit pas à tout. Mon innocence s'envole à partir de là, vivre sans enfant n'aurait et n'aura, pour moi, aucun sens.

Je ne veux pas rejoindre mon mari à l'hôtel, ce soir. Je n'ai aucune envie de le voir.

Je rentre chez mon père. Warda a insisté pour que je raconte ma visite chez le médecin. Je suis incapable de raconter mon désastre, j'ai envie d'oublier. Je fais confiance au processus divin. Peut-être, un miracle peut-il se produire ? Je blâme la vie, mais je fais confiance au créateur. C'est mon intime sagesse. L'espoir qui naît d'un moment sombre. Je m'endors avec cette espérance.

Le matin, avec mes yeux rouges et une grise mine, je m'attarde peu, en face de mon miroir. Dorénavant, ma vie prendra un nouveau visage. Sans perdre la lucidité du pire, j'espère toujours, et pour toujours, l'arrivée de cet enfant miracle. Parfois, la magie fabuleuse de la vie opère. Je n'arrive pas à savoir si j'ai raison ? Ou si je me leurre ?

Je suis incapable de vivre sans espoir. Naguère, mon espérance était infinie.

Le soir, mon mari arrive chez mon père, il commence par me reprocher mon absence auprès de lui, hier. Il est devant moi, en train de maugréer, bougonner. Son ton monte, il explose de colère. Il crie, si fort : « Est-ce que tu m'entends, Aïcha ? »

Je lui réponds, en hurlant toute ma rage.

« On ne peut pas avoir d'enfants, Sy Hamad… Je le sais, depuis hier ! J'espère que tu m'as bien entendue, cette fois ! »

Il s'interrompt, un instant… et il reprend son réquisitoire. Il ignore complètement ce que je viens d'annoncer. À la fin, il remet ses chaussures et il repart dans la nuit, comme un oiseau de mauvais augure.

Les jours se suivent et se ressemblent. Je noie mon chagrin dans le travail et les prières. La religion est le refuge ultime de tous les désespérés, comme moi. Sy Hamad ne donne plus de nouvelles, aussi étrange que cela puisse paraître, je me sens mieux sans sa présence, sans son corps.

Les derniers temps, passés de conserve, n'étaient pas extraordinaires. Son agressivité et nos disputes furent incessantes. Les quelques nuits ardentes, passées, en guise de consolation, n'ont pas réussi à refonder notre couple, sceller notre amour. Il y avait toujours quelque chose, qui nous éloignait à jamais. En cinq ans de relation, il m'a déjà congédié deux fois, religieusement.

Si une troisième fois arrive et que nous avons envie de nous remettre ensemble, notre dogme impose un rituel aussi absurde que singulier. Si nous voulons nous remettre ensemble, il faut que je me marie avec un autre homme, puis que je divorce de ce dernier, pour retrouver Sy Hamad. Je trouve cela saugrenu, et en même temps, bien dissuasif. Je suis trop lasse pour entamer un tel processus. Basta !

Le soir venu, mon père me pose la même question, depuis le départ de mon mari, des nouvelles de Sy Hamad ?

Je formule la même réponse, comme chaque jour : « Il est toujours à Demnate, chez ces parents, père. »

Je joue avec mes nièces et le petit dernier, Moulay Hicham. Le précieux bébé de Warda, elle a quatre filles, maintenant, et un garçon. Surtout, un garçon ! Enfin ! Ça fait beaucoup d'animation à la maison. Avec eux, j'oublie mes soucis et je retrouve l'insouciance de mon adolescence.

À l'aube, j'entends ma porte s'ouvrir, peut-être, les enfants de mon frère ? Non c'est la silhouette de Sy Hamad, en tenue de policier. Je saute de mon lit. Il avance vers moi, avec un sac poubelle à la main. Une enveloppe, et un regard noir. D'une voix tremblante, je lui demande ce qu'il fait là ?

Il avance vers moi, il me jette le sac et l'enveloppe. De toutes ses forces, il me dit : « Tiens ! Tes vêtements. Et le jugement du divorce ! Tu n'es plus ma femme, Aïcha ! » D'une voix cassée par la surprise, l'émotion, je répète, sans cesse : « Sors de chez moi ! Va-t'en ! Pars ! À jamais ! » Il disparaît dans l'aube, grise et pâle.

Je pleure en souriant, je tremble de peur et je frissonne de bonheur. C'est fini !

Chapitre IV
Les portes dorées de l'abîme

Quelques mois se sont écoulés depuis mon divorce avec Sy Hamad, je suis assaillie par des sentiments contradictoires. Il m'est difficile de me séparer de l'homme que j'ai aimé passionnément, je suis profondément affectée par la douleur d'un échec de trop, sous le regard cruel des autres.

Actuellement, je suis une veuve et une femme divorcée. Il faut croire que je les cumule. Ce sont les titres les plus défavorables, pour qualifier une femme de notre société. Toutefois, je me sens libérée de cet homme. Il a empoisonné mon existence, par sa jalousie excessive et la violence physique que j'ai acceptée, au nom de l'amour que je lui ai porté, après un temps de recul, finalement illusoire.

À présent, il convient que je tente, comme je peux, de faire le point, à l'intérieur de moi.

Je vais tenter de me donner ce que les autres me refusent, le droit d'échouer, de prendre de mauvaises décisions. Mais de faire et d'avancer. En liberté et en autonomie.

Mon apprentissage prend des virages sévères. Serai-je assez forte pour me relever ? Je ne suis pas certaine, néanmoins, de réussir à rester debout et faire face aux orages de ma vie. Je n'ai pas d'autre alternative, je dois continuer ma route. Dans la vie, il y a des moments difficiles, qu'on ne peut ni prévoir ni éviter. Il convient de les vivre entre amertume et sourires. Je ne pense pas être libre de mes choix. Je sens, au plus profond de moi, que quelque chose dysfonctionne. Il y a une sorte de « zone interdite », qui m'entrave.

J'ouvre la porte de la maison, pour appeler mes nièces, qui jouent bruyamment dans notre ruelle, avec les filles de la voisine : La Najat, Derb Jdid, Zankat Bounwala. Elles sont toujours là, tout le monde les connaît, depuis leur naissance. Nous sommes heureuses de cette proximité. C'est une sorte de grande famille. Une voix douce me dit : « Bonjour », je tourne le regard, c'est Bent Lassas, la fille du gardien, elle se prénomme Jamila. Entre voisins, nous nous appelons, surtout, par nos surnoms, ou nos sobriquets. Cela crée une sorte de vernaculaire, qui marque notre appartenance au groupe et au quartier. Je connais bien Jamila. Nous sommes voisines depuis toujours, nous jouions tout le temps ensemble. Il y a une part de sororité entre nous. Elle a choisi une voie professionnelle épineuse. Elle est la prostituée, connue et reconnue, dans le quartier de Zaouïa. Une femme sublime, des chevaux longs châtain clair, des yeux vert olive et un corps divin, qui incarne Vénus, dans une œuvre de Botticelli. Ses habits, de rêve, pourraient parer une grande actrice égyptienne. Sa signature, un parfum puissant. Quand elle passe dans notre ruelle, les effluves capiteux du jasmin embaument, de nombreuses heures, après son passage. Très ponctuelle, elle part chaque jour, à la même heure, pour prendre un taxi à Bab Taghzout, en direction des cabarets du quartier de l'Hivernage. Jamila est très respectée et aimée, par les hommes et les femmes de la médina. Dans ces moments, je me rends compte que nous ne sommes pas à une contradiction près, dans notre société, qui est franchement contrastée et paradoxale.

Je n'ai jamais compris comment elle peut exercer cette profession millénaire sans être inquiétée, ou avoir peur de nos codes moraux, très stricts. Sa beauté et son insouciance font d'elle une femme forte. Cette héroïne extraordinaire reste une énigme pour moi, par ce qu'elle est, par ce qu'elle vit.

Mes nièces la regardent avec émerveillement, en rentrant à la maison, la petite Ahlam me dit, avec un sourire radieux : « Grande, je veux être Bent Lassas, tati. »

Dans ces cas-là, je lui réponds toujours : « Ton papa ne sera pas d'accord ! Il faut choisir autre chose, ma princesse ! »

Un jour, elle me dit, d'une voix angélique : « Je veux pas être comme toi tati. Tu n'as pas de mari et tu n'as pas d'enfants ! »

Le visage figé, j'ai riposté : « Je suis comme Bent Lassas. »

J'ai raconté l'histoire à Warda, sa mère. Nous sommes parties dans un fou rire interminable. Le cœur gros, mais le visage hilare.

Ce vendredi matin, j'ai pris un congé, au travail. Une pause, un arrêt, une halte. J'ai besoin d'un « stop ». Mon père nous emmène passer trois jours à Tameslouht, là où se trouve la maison qu'il a achetée, avec ma part d'héritage de Sy Taher. Tout le monde, à la maison, est heureux, mais pas pour les mêmes raisons. Les enfants de Warda et moi, parce que nous quittons la maison pour quelques jours, nous sommes, pour trois jours, en vacances, loin du domicile. Ma belle-sœur est très contente, elle va passer quelques jours, avec son mari sans les enfants. Ils vont goûter un peu de tranquillité et de répit. C'est assez réparateur.

Cette escapade dans le petit village est vénérée par mon père. Le vendredi est le jour du marché hebdomadaire. Notre programme est chargé, nous allons emprunter le bus, pour effectuer le trajet. À notre arrivée, nous prendrons le petit déjeuner au souk, au menu, beignet au miel et thé aux plantes de la montagne. Depuis mon enfance, nous passons, avec notre père, une journée, à chaque fois, merveilleuse, dans cette bourgade à une quinzaine de kilomètres de Marrakech. Ce sont mes seuls temps de vacances, depuis mon plus jeune âge.

Avec cette maison, mon père a réalisé son rêve. Posséder un pied-à-terre dans le village de son enfance. Dans ses yeux brille l'éclat d'un bonheur fou, quand il est dans son jardin, ou à la cuisine, pour nous préparer la soupe d'orge, au thym et à l'huile d'olive, une bénédiction dans les nuits froides de l'hiver. À la maison, nous nous chauffons au brasero parfumé au Jaoui blanc. La lumière vient de nombreuses bougies. Dans cette petite commune, la vie reste encore rudimentaire, mais les gens sont plus heureux qu'en ville. C'est le charme de la simplicité et d'une forme de rusticité. À notre passage, les villageois nous regardent comme des extraterrestres, tout nous différencie, tout nous distingue, deux populations à la fois proches par la distance géographique, et très éloignées, par leurs coutumes et leurs traditions. Les trois jours passent, entre joie de vivre, légèreté et détente. Un rêve !

Je reprends le travail lundi. Reposée, bien maquillée, ma nouvelle jellaba turquoise met mon teint, hâlé, en valeur. Je sens les regards sur moi, un peu plus que d'ordinaire. J'avoue que cela me réjouit, et j'en suis ravie, je reprends confiance en moi. Je sens que j'avance, avec une sorte d'assurance nouvelle.

Hassan et Aziz sont très contents de me voir sereine. Nous nous amusons en travaillant, nous plaisantons avec nos clients. J'ai réussi à mettre mon chagrin de côté, je me sens légère. Pourtant, parfois, des bouffées de spleen m'assaillent, m'enveloppent. Un peu comme des vagues, sur la plage, qui nous attirent vers le large, et nous ramènent vers la grève, en nous roulant dans l'écume. La plupart de mes clients ne connaissent guère mon histoire, et cela me fait sentir la « Aïcha » que j'ai été. Intacte, insouciante, mais avec des accidents de parcours épouvantables. C'est au contact de nos proches que les choses se compliquent. Ils nous renvoient notre histoire à la figure, perpétuellement. Un regard neuf pourrait régénérer notre vécu, mais justement, dans ces moments-là, nous sommes imperméables, voire fermés, à autrui. Nous avançons dans le noir, les yeux bandés. Un peu comme Charles de Rohan, prince de Soubise…

Chaque soir, à la fin de mon travail, je rends visite à Oumi Khala. Après avoir enregistré les comptes de la journée, avec Dada Zaina, nous passons le reste de la soirée à discuter, tout en écoutant des chansons d'amour d'Oum Kalsoum. Mina est toujours là, sa présence m'accompagne. Selon elle, mes mariages catastrophiques lui ont enlevé toute envie de vie à deux. Elle a perdu tout désir de se marier. Elle préfère sa liberté, à la cage dorée de l'amour, par le mariage.

Dans quelques jours, en raison de la chaleur étouffante estivale, elles vont partir pour l'Ourika, un petit village montagnard, connu pour la fraîcheur et l'abondance de la nature. C'est, un peu, un pays de Cocagne, les arbres fruitiers sont à la disposition de ceux qui veulent se servir gratuitement, des ruisseaux et la rivière entourent le village-îlot. J'y suis allée, une fois, avec elle. J'ai eu le sentiment, le temps de mon séjour, d'être dans un petit coin de paradis sur terre. Un rêve ! Cette fois, Oumi Khala, un peu affaiblie par les années qui passent, veut voyager, elle m'a invitée, mais j'ai décliné, pour pouvoir profiter de mon neveu et de mes nièces. Comme Dada Zaina part aussi, nous avons décidé de fermer la boutique. Je vais bénéficier d'un peu de vacances. Je dois dire qu'elles sont bien méritées. Des congés, enfin !

Ce matin, avec Warda, nous avons préparé de nombreuses douceurs, nous avons pu inviter nos deux voisins, Lakbira et Lazahra.

Mes nièces sont excitées, Moulay Hicham, le petit dernier, joue dans le patio avec sa copine Leila et son frère Amin. La musique est trop forte, nous nous sommes maquillées et habillées, pour cette occasion, sans nom particulier. Nous voulons célébrer la vie, inventer et fabriquer un moment de bonheur, vraiment inattendu. Célébrer sans raison, n'est-ce pas une raison en soi ?

L'après-midi est placé sous le signe de la joie et de la gourmandise. Du salon, on entend de forts éclats de rire, à gorge déployée, quelques mots coquins. Les heures passent dans une félicité totale. Le temps s'étire dans une sorte de langueur délicieuse.

Quelques jours passent, ils marquent une rupture. Mes premières vacances m'aident à faire une pause, une coupure. Je sens que je vais me recentrer. Je rentre apaisée.

Retour à la maison et aux habitudes. Ce matin, je ramène Moulay Hicham à la crèche du quartier, gérée par deux femmes que je connais, nous étions amies, quand nous étions enfants. L'une, Hassanya, est une femme noire de forte corpulence, elle affiche beaucoup de charme et de coquetterie. L'autre, Zoubida, a une peau blanche de porcelaine, des cheveux raides, d'un noir corbeau, coiffés en un carré strict. La beauté de son visage et l'harmonie de son allure nous font presque oublier qu'elle boîte. Ces deux femmes sont de vieilles filles. Elles occupent et éduquent les petits, à tour de rôle.

À la porte de la crèche, je retrouve Hassanya, qui m'accueille chaleureusement. Nous nous sommes, perdues de vue, il y quelque années déjà. Nous échangeons sur les grands traits de notre existence. Elle me pose une multitude de questions, j'essaie de répondre à tout, mais, avec un succès mesuré. Sa curiosité me dérange, je ne suis pas aussi sereine que je le voudrais, j'ai du mal à aborder certains aspects de mon existence.

À la fin de la discussion, elle me dit : « J'ai un mari pour toi ! » J'écarquille les yeux !

Un peu figée, je ne réagis point. Je lui souhaite une belle journée.

J'ai envie de lui dire que je ne cherche pas un mari dans les ruelles. Je m'abstiens. Dans ma tête, tout s'accélère. Mon silence fera office de réponse.

Cela fait une semaine que nous avons commencé à préparer les festivités, pour la circoncision de Moulay Hicham. Je prépare les pâtisseries, warda s'occuper de la maison, il faut changer les tissus du salon, refaire la peinture. Le menu sera exécuté par Dada Zaina en personne. Je me sens flattée, car c'est une grande cuisinière. Elle œuvre, exclusivement, chez Oumi Khala. Ce faisant, elle nous fait un cadeau. Fêter le seul garçon de la fratrie c'est un événement, de taille, chez nous.

Le matin de la fête, nous nous rendons, toutes, chez la coiffeuse, c'est une première pour mes nièces. Au programme : des chignons, du maquillage et des pailletés. À la fin de la séquence beauté, mes nièces sont magnifiques. Je ne me suis pas rendu compte comme elles ont bien grandi. Les quatre filles présentent, chacune, une forme de beauté différente. Elles portent, à mes yeux, une part du bonheur, qui m'a été refusé, dans mon existence. Elles sont mes précieuses nièces. Si précieuses.

La soirée se passe très bien, nous dansons, chantons et célébrons ces moments rares au sein de notre famille. Même Malek et Mustafa ne peuvent résister à la musique Chaabi (musique populaire au Maroc).

Le dimanche après-midi, la fatigue commence à se faire sentir. Nous venons de passer une nuit sans sommeil. Ajoutons à cela, quelques excès alimentaires… On comprendra notre fatigue !

Nous n'avons même pas pu changer nos caftans. Warda, toujours courageuse, va préparer un café aux épices, pour favoriser notre réveil. J'entends quelqu'un, à la porte. Mon père ouvre. Je tente de mettre un peu d'ordre dans mes vêtements, retirer l'excédent du khôl, qui me fait des yeux de panda. Venir chez nous quelques heures après la fête, certaines gens manquent de tact. Je fulmine !

Je lève les yeux et je vois Hassanya, avec son père, et sa sœur Malika, un bouquet de fleurs à la main.

Je me sens fatiguée. Des images se superposent. Sont-ce des hallucinations ? Hassanya commence à faire des youyous, mon père me dit : « Ils sont venus pour demander ta main, ma fille ! » Bon, déjà, je ne rêve pas ! J'ai bien vu. Toutes ces informations, en vrac, me perturbent, j'essaie de mettre un peu d'ordre dans mes pensées instantanées. Elles vont à toute vitesse.

Warda les invite à prendre place dans le salon. Ils commencent à discuter, mais sans moi, je ne réagis à rien. Je me coupe du groupe.

J'ai le sentiment de flotter. Les mots se brouillent, je n'entends plus les choses distinctement. Je ne me sens pas bien.

Pourquoi les vieux s'intéressent-ils à moi ? Pourquoi me suis-je mariée trois fois, en quinze ans ? Ces questions vont me tarauder tout l'après-midi. Je n'arrive pas penser sereinement.

Le soir, Warda commence son discours habituel, pour me convaincre : « Peut-être, avec lui, trouveras-tu le bonheur ? Peut-être auras-tu l'enfant tant espéré ? » Elle insiste, et un moment dans son discours-fleuve, elle me dit : « Les médecins peuvent dire ce qu'ils veulent, mais c'est Dieu qui décide… Vas-y, essaie, tu n'as rien à perdre. Peut-être, tu vas avoir un enfant, comme tout le monde… Penses-y ! »

Je me dis, dans ma tête : « Rien à perdre, sauf moi. Je me perds, à chaque fois, un peu plus… Oui, rien à perdre, Warda… Mais… »

Je suis d'accord avec elle, je peux me marier avec lui, un peu comme une dernière carte, pour un joueur qui va tout miser, sur un « tapis ! » en sachant qu'il n'a pas la meilleure main possible. Mais à quoi bon ? Ai-je, vraiment, encore une chance, d'être une mère ? C'est une raison suffisante. Pour un enfant, je suis prête à tout, même à me marier avec cet homme. Sacrifiant mes rêves d'un amour passionnel, au sein d'un couple éternel.

Quel en serait le sens ? Ai-je, vraiment, une chance, plus ou moins dérisoire, d'être jamais mère ? C'est une raison suffisante pour moi. J'avance un peu dans le noir. Le doute m'assaille. Je me sens piégée. Pour avoir un enfant, je suis prête à tout. Mes rêves se sont envolés, il ne me reste qu'une sorte de réalité, qui s'avère, chaque jour, tristement terne et insipide. Moi aussi, je sens que je deviens terne et insipide.

Je me suis mariée pour une vie confortable, ce fut un échec. J'ai essayé le mariage par amour, ce fut un gâchis. Je vais me risquer dans une nouvelle union, pour tenter d'avoir un enfant, peut-être Dieu sera-t-il plus clément ? À ce moment-là, il exaucerait mon vœu le plus cher, à mon cœur.

Quelques jours ont passé. Une certaine fièvre monte. Jeudi, on va célébrer mon mariage avec Larbi, mon promis. Chez Oumi Khala, personne n'est favorable à ma décision. Dada Zaina m'a simplement conseillé de garder mon travail. J'ai bien insisté sur le fait que mon emploi est, réellement, confirmé que mon activité est le seul refuge où je me sente valorisée. Garder mon rôle, à la pâtisserie, a été mon unique condition pour ce nouveau mariage. J'ai été très ferme, mon futur mari, n'a guère eu le choix.

J'ai acheté un caftan noir, orné de quelques dorures, et j'ai convié quelques proches. Rakia, une amie de Warda, tatoueuse au henné, pour une petite soirée entre femmes. Le tatouage au henné est une tradition ancestrale au Maroc, tout le monde la connaît. Ce jeudi, on entend quelques youyous, le voisinage est au courant de mon union, le mariage est acté !

Nouvel épisode…

Les premières semaines avec Larbi sont paisibles. Nous demeurons, tout près, à deux portes de ses filles. Larbi est un homme très pieux et très introverti. Son caractère me convient tout à fait. Je suis déterminée, je n'ai nulle envie de découvrir, ou savoir, ce qu'il pense. Si je suis en sa compagnie, c'est pour devenir mère. C'est mon désir le plus fort. Je suis habituée à fermer les yeux, la nuit, je continue. Je me sens dépossédée de mon corps, mon âme semble s'échapper, mais je poursuis. J'ai le sentiment de vivre une sorte de grand détachement, assez inexorable. Des valeurs, ou des centres d'intérêt.

Entre le travail et la vie de couple, je n'ai guère le temps de tergiverser, je passe mon temps à prier Dieu, à la fin de chaque mois, au premier retard de mes menstruations, je me considère comme enceinte. Le cauchemar se répète chaque mois. Jusqu'à ma dernière consultation. Mon médecin m'a assuré l'impossibilité de vivre une grossesse, en raison de mes antécédents médicaux, quand j'ai été agressée par la fille de mon premier mari. Il me répète, d'une façon cruelle : « Aïcha, il faut que vous compreniez qu'il n'y a pas de miracle, dans ce bas monde. » Quand il me tient ce genre de propos, je ferme les yeux, mon cœur a mal, moi aussi.

Je pars en lui souriant.

Quelques jours après cette dernière consultation, je ne trouve plus la vaillance de continuer dans ce mariage insipide. Tout ceci est vain. Un soir venu, je rassemble mes affaires, je lui annonce mon départ, mon désir de divorcer. À ma grande surprise, en quelques instants, il accepte. Larbi suit mon propos, il se rend à mon avis. Il ne montre pas de résistance, il ne cherche pas la moindre discussion, il ne veut rien savoir de précis. Je pense qu'il a saisi la force de ma conviction et de ma détermination.

Mon mariage a duré huit mois. Chez nous, c'est une aberration totale. Je suis dans un tube de verre, je glisse, je n'accroche rien ni personne. Souffrances.

Je retourne chez mon père, je réintègre ma chambre d'enfant, de jeune femme, et maintenant, de femme. Une humiliation absolue pour moi.

Mon père, malade, a eu besoin de quelques semaines, avant de me parler. Il refuse de me comprendre. Je comprends ses interrogations, tout comme je me demande quels sont mes ressorts, et mes motivations.

Je perds mon père dans ce tourbillon d'incompréhension. Est-ce le destin qui s'acharne inlassablement sur moi ? Ou le résultat de mes choix chaotiques, incohérents et intempestifs ? Je suis dubitative, j'hésite, je me demande. Je ne me comprends pas !

Faire le deuil de mon cher père, renoncer à être mère. Oser vivre avec l'amertume que la vie m'inflige ? Ai-je le courage de poursuivre ? Bien évidemment, non !

Ai-je le choix de continuer ou d'arrêter ? Non !

Alors, je dois aller de l'avant.

La descente est rapide, se relever va me demander une force de Titan.

L'ampleur de la tâche est incroyable !

Au trot !

Chapitre V
La résilience

Après la disparition douloureuse de mon père, nous prenons la décision de vendre le riad et quitter la médina. Pour moi, ce sera le début de la fin, le début d'une tranche de vie longue et difficile. Je ne sais pas si je peux vivre ailleurs, je ne le veux pas, mais mes frères veulent quitter le quartier et franchir le cap de l'autonomie. Je ne peux pas refuser. Ici, les choses changent. Il faut accompagner le mouvement.

Des événements viennent nous affecter. Dada Zaina fait de moins en moins de gâteaux, notre activité s'en ressent, tout comme la vieillesse et le trépas d'Oumi Khala. Le magasin commence à être concurrencé pas de nouveaux arrivants, peut-être est-il temps de partir ? D'un commun accord, nous décidons d'arrêter l'activité. Mon cœur est lourd de ma peine. Je ne laisse rien transparaître de mon chagrin, pour le souvenir de cette femme, qui a m'a toujours aimée et soutenue.

À la recherche d'un autre travail. Aziz, un des garçons qui a collaboré avec nous, quelques années auparavant, à la pâtisserie de Dada Zaina, me donne l'adresse d'une maison d'hôtes, pas très loin de chez moi. Un couple de Français a rénové un riad, ils l'ont transformé en maison d'hôtes. C'est la mode à Marrakech, il y a de plus en plus de Français qui possèdent des riads à la médina, en vue d'accueillir des touristes.

Je me présente à l'adresse, l'accueil est agréable. Question langue, c'est un peu laborieux. Heureusement, Brahim, leur employé, traduit mes paroles. À leurs sourires, je comprends que je vais être engagée.

Une surprise de taille m'attend : c'est un couple d'hommes, une curiosité et une première pour moi, mais le plus important c'est que je travaille. Quelques jours après notre entrevue, j'ai commencé à emplir ma tâche. Je gère le personnel, deux cuisinières, deux serveurs et quatre femmes de chambre. On reçoit des clients de tous les coins du monde. Les soirées tardives se répètent. Entre danseuses du ventre et groupe de gnawa, je découvre les nuits blanches de Marrakech. Je suis bien payée, je travaille avec plaisir et je noie ma peine intérieure, dans mon gagne-pain.

Stéphane et Cédric, les patrons, sont très discrets sur leur relation, et très sympathiques avec nous.

Les visites se succèdent sur notre maison familiale, un des dirigeants de l'agence *Marrakech Médina*, spécialisée dans les achats et la rénovation des riads, est tombé amoureux de notre maison. Mes deux frères sont heureux de se débarrasser de notre vieille demeure, pour ma part, je suis incroyablement malheureuse de quitter mes souvenirs d'enfance.

À ce moment-là, je décide d'acheter une maison, pour moi, je sais que je suis incapable de vivre ailleurs que dans les entrailles de la vieille ville.

Ma famille se montre très surprise de ma décision. De plus, ils savent que je ne changerai pas d'avis. J'ai le sentiment d'avancer, pour de bon.

C'est de cette manière qu'après la vente de la maison j'ai récupéré ma part d'héritage. J'ai ajouté mes économies, à cette petite somme. Avec ce petit capital, je réussis à acquérir une jolie maison dans le quartier Mouassine. Une victoire dans ma vie, un peu une sorte de victoire de ma liberté.

Avec ce nouveau travail, je suis occupée jour et nuit. Très souvent, après les soirées bien arrosées de nos hôtes, je quitte le riad à 3 h du matin. Heureusement que je suis connue des habitants de la médina, et de ses veilleurs de nuit. Tout le monde m'appelle « Lala Aïcha cherifa ». J'aime cela, je me sens un peu sur un piédestal. Mes voisins, et amis font référence à mes origines chérifiennes et j'en suis très fière !

Je gagne bien ma vie dans cet emploi, et l'ambiance au riad est amicale. Le personnel m'aime et me respecte. D'une part, je suis la doyenne de l'équipe, d'autre part, mes pérégrinations dans les chemins du mariage, et de l'amour, m'ont rendue bienveillante et chargée d'expériences.

À la maison, je commence à apprécier ma solitude, je réussis à faire le deuil de mon rêve d'être mère. En revanche, je n'ai pas envie de finir ma vie seule, j'ai envie d'être accompagnée, le reste de mon existence. Avec mes nombreux mariages contradictoires, j'ai passé plus de temps, seule, que mariée. Je me pose une multitude de questions sur mes choix, mon histoire tumultueuse serait de ma faute ? Est-ce la loi, inexorable, du *fatum* où je suis immergée, depuis la disparition de ma mère, que je n'ai pas eu la chance de connaître ? Ma solitude m'emplit d'interrogations et me pousse à l'introspection. Je choisis, alors, de m'acharner au travail, pour échapper à mes questionnements et amorcer l'effacement de mes regrets.

De temps en temps, je passe mon jour de repos chez mon frère Malek et Warda, les filles sont à la faculté et le garçon est au lycée. Je suis la confidente et l'amie de la fratrie. Mes nièces me confient tout ce qu'elles cachent à leur maman, moi je les couvre de cadeaux et d'amour. Je me sens, quelque part, leur mère par procuration. Ce sont les moments les plus doux de mon existence, être entourée de ce garçon fabuleux, de ces filles magnifiques. Ils sont tous bienveillants et bien polis avec moi, avec eux, je me sens comblée et heureuse.

Ce vendredi, c'est mon jour de repos, je m'apprête à sortir pour aller au hammam, après, je déjeune avec mes voisins, un couscous, c'est le plat incontournable du vendredi. Je me retrouve nez à nez avec une autre voisine, qui est à ma porte. Après quelques échanges d'amabilités, je lui propose d'entrer pour prendre un thé, c'est la tradition. On ne laisse, jamais, le voisin à la porte, même si nous ne nous connaissons pas.

Elle accepte mon invitation. Je prépare du thé, je sers quelques gâteaux et des fruits secs. Elle commence à me complimente sur ma maison et ma réputation de femme sérieuse, et travailleuse, de la part de tout mon voisinage.

Après mes sourires et quelques expressions de politesse. Je lui demande la raison de sa visite. Elle se montre étonnée et très perturbée par ma franchise.

Elle commence de m'expliquer que son frère, Omar, qui tient l'épicerie mitoyenne à ma maison, veut demander ma main. Il est veuf depuis quelques années et sans enfant. Pour la première fois, je ne suis ni étonnée ni bouleversée. Je le rassure, je ne suis pas contre l'idée, mais je dois le voir pour en discuter un peu. De fait, je le connais sans le connaître. Nous échangeons, sur la qualité de la farine, la hausse des prix, les produits de première nécessité qui flambent, mais jamais, nous n'abordons de choses personnelles.

À mon âge, je sens une sorte d'apaisement et de paix intérieure, qui s'installe en moi. Force m'est de constater que ma vie affective est loin d'être une réussite. Je me demande si je ne pourrais pas chercher à vivre d'une façon plus apaisée. Pourquoi ne pas tenter de partager mon quotidien, avec quelqu'un d'autre ? Le soir, s'attabler devant un plat, préparé chez nous, et regarder la télé ensemble ? Voire, même, rire de choses ridicules ? Ces partages simples sont authentiques, et je pense, en même temps, qu'ils pourraient être essentiels à mon bonheur. Je veux voir, dans les yeux de l'autre, l'amour qu'il me porte, à travers ses gestes, ses mots et ses attentions.

Je veux être une femme, auprès d'un homme. Je sais, pertinemment, que ce n'est guère évident de trouver tout cela chez l'épicier, néanmoins je veux tenter, je veux essayer. On verra par la suite.

Omar vient avec sa sœur, pendant la semaine de mes vacances. Nous échangeons, avec bienveillance, l'homme est très timide et assez réservé. Je lui expose, clairement, ce que je veux et ce que j'attends de cette union. Mes conditions sont claires : je garde mon travail et nous vivrons dans ma maison.

Avec un hochement de la tête, il accepte toutes mes exigences.

À la fin de notre rencontre, Khadouj, sa sœur, fait des youyous pour confirmer nos fiançailles.

Je n'ai rien changé à mon quotidien ni à ma maison. Cette fois, pas de caftan, pas de henné. Juste l'essentiel, annoncé à mes proches. Un moment très difficile. Dans leurs yeux, je lis le refus de cet énième mariage. D'un sourire aux lèvres, ils me signifient que c'est à moi de décider. Je sais que j'ai toujours eu foi dans la vie malgré les claques, malgré les déceptions, malgré les peines. Je n'ai rien à perdre cette fois, et peut-être, même, tout à gagner ? Peut-être, est-ce une sorte d'éternel espoir intime ?

La vie ne réussit pas à m'ôter la force d'espérer.

À présent, je suis mariée pour la quatrième fois. Un triste exploit dans le royaume chérifien, une « victoire » pour la femme assoiffée de liberté que je suis. Mon nouveau mari est très gentil et très attentionné. Il prépare de merveilleux petits plats, pour mon retour, tardif, du travail. Je ne me sens plus seule, je vois l'admiration et l'amour dans ses yeux, il est avare de ses mots, mais tout ce qu'il fait pour moi crie son amour.

Je me laisse porter par ces jours heureux, avec cette personne inconnue, il y a, encore, quelque mois. Nous faisons connaissance, au fur et à mesure du temps qui passe. Une réelle douceur nous entoure.

Un sentiment inconnu pour moi. Je ne peux que m'en réjouir. Suis-je en train de vivre une sorte d'apaisement et de calme ?

Notre relation ne baigne pas dans la passion, mais la tendresse l'emporte, un élan de bonheur à deux, je suis pacifiée et sereine.

Comme un peu tout le monde, mon corps commence à donner des signes de fatigue, le poids du temps. À l'âge de treize ans, j'ai commencé à travailler comme baby-sitter et je n'ai guère arrêté, jusqu'à maintenant. J'aime mon travail et je ne peux, ni ne veux, arrêter mes activités. Je ne me vois pas en femme au foyer. Je crois que je suis faite pour le « mouvement perpétuel », bien sûr, tout mon entourage me conseille de m'arrêter. Prendre ma retraite ? Je pense qu'elle serait prématurée, mais je me dis qu'elle serait bien méritée.

Malgré mes soucis physiques, je continue.

À chaque instant, les cartes du Destin se mêlent, et nous sommes obligés de jouer, perpétuellement, un grand jeu, assez tortueux. Notre existence prend des virages violents. Quelques mois après mon mariage, l'Enfer commence. Je n'ai même pas eu le temps de savourer les jours heureux et tranquilles, qui s'annonçaient.

Notre vie va, brutalement, tomber dans l'indicible.

Omar tombe malade, d'un cancer du poumon qui se découvre tardivement. Le mal semble se hâter, vers une fin inéluctable. Son état s'aggrave de jour en jour.

Je suis obligée d'arrêter mon travail, pour pouvoir m'occuper de lui.

Cet homme m'aime et me respecte, comme personne. Ma peine est grande, mais je passe mon temps à le rassurer, à l'encourager et faire toutes les choses qui peuvent lui donner le sourire. En quelques jours, il perd beaucoup de poids, il devient méconnaissable. Comment la vie peut-elle nous réduire en cendres, en quelques jours ? Je fais des allers et retours entre la maison et son épicerie, il faut la garder ouverte par respect pour ses clients.

Je ne me plains pas, je ne pleure guère, je mets toutes ces choses à l'intérieur de moi et je poursuis ma route. « Chacun porte sa croix ! » C'est ce que mon patron, Stéphane, répète, constamment.

Par moments, je « tombe » de sommeil. Le matin, ou dans la journée, après un moment de « repos », à mon réveil, je demande l'aide de l'Éternel pour me soutenir dans cette nouvelle épreuve. M'entend-il ?

Je n'ai jamais été, réellement, épargnée, je me suis adaptée à l'adversité de la vie. Les éléments qui façonnent notre existence sont plus souvent marquants et difficiles, ils sont généralement plus nombreux et handicapants que les moments de rire à gorge déployée.

Ce matin, Omar n'arrive pas à articuler, il me parle en langue de signes, j'ai compris qu'il me remercie et qu'il m'aime. Je le regarde avec des yeux fixes, son visage est blafard. Ses os saillent de ses joues. Une larme coule sur sa peau parcheminée, elle provient d'un œil unique. Elle témoigne de sa vie, qui s'éteint. Sa tête se penche sur le côté, il se fige. Son œil émet son dernier signe de vie.

Omar est parti. Omar m'abandonne à la vie.

Après quelques minutes de sidération, je hurle toute ma peine. Les voisins arrivent, pour voir ce qui se passe chez moi. Je me sens dans un état second, coincée entre tristesse et amertume, rage et impuissance. Je décide d'accompagner Omar jusqu'à sa tombe.

Selon la tradition, seuls les hommes peuvent mener le mort à sa dernière demeure. Les femmes doivent rester à la maison, pour pleurer.

Je m'en moque, je pars avec eux. Dans la rue, un nombre incalculable d'hommes, la famille, les amis et, surtout, ses clients. Tout le monde est là, personne ne pleure. Les dégâts d'une éducation « machiste », où un homme ne pleure pas. Un « truc de femme ».

Le regard des hommes envers moi est heurté, divisé entre mépris et hallucinations. Moi, je ne me sens plus de ce monde, je sais que mon défunt époux sera le dernier homme de ma vie. Ma vie, où j'ai connu de nombreux mariages, sans jamais réussir à m'unir, profondément, à quelqu'un pour la vie et fonder une famille. L'essence même de la vie, et du continuum du monde, qui est le nôtre, dans l'union maritale.

C'est étrange, je vois des hommes et des femmes dans la rue, qui pleurent et hurlent. Certains d'entre eux déchirent leurs vêtements, les femmes arrachent leurs cheveux, se roulent par terre. Je suis stupéfaite, et convaincue que cela ne peut pas être pour Omar. Ils sont dans un état de démence. Pourquoi de tels états ? Tous les hommes, présents au cortège funéraire de mon défunt époux, se posent la même question. Une clameur sort de la foule, portée, soudainement, par un homme qui hurle : « Le roi Hassan II est mort ! »

La foule est abasourdie par la nouvelle. Mon chagrin est immense, j'aime mon roi, nous aimons notre souverain. Il fait partie de la famille de chaque Marocain. Il est partout ! dans chaque demeure, dans chaque quartier. L'émotion s'empare du pays. Les gens commencent à pleurer, bruyamment, un moment de flottement, d'émotion, de désarroi.

Actuellement, le cortège qui accompagne Omar est impressionnant. Tout le monde pleure, sanglote et implore la miséricorde de Dieu. Mais personne ne pleure Omar, il est méprisé jusque dans son décès. Le feu roi, Hassan II, a éclipsé la mort de mon mari, le petit épicier.

Les quelques jours qui suivent la mort de mon époux, personne ne parle de lui, tout le monde évoque la disparition du monarque. Finalement, Omar est parti dans une indifférence glaciale, et glacée.

Je suis encore en blanc, pour quatre mois et dix jours. Il n'y a guère de femmes, ayant porté le deuil, deux fois dans leur vie. Au seuil de mon existence, j'ignorais que cela existât.

Par chance, ma famille vient me voir de temps à autre. Mes nièces viennent passer quelques jours avec moi, et elles rentrent chez elles. À la fin de l'histoire, force m'est de constater que je suis profondément seule.

Toute seule. Dans une solitude vertigineuse.

Les jours passent et le temps s'accélère. Le poids de l'âge commence à se faire sentir.

Je nourris ma solitude de mes regrets, et je ressasse mes remords.

Après avoir traversé de nombreuses tempêtes, l'envie de me laisser porter par la vie l'emporte. Dans cette phase de calme, je n'ai plus guère le choix.

J'oublie le blanc, la couleur du deuil que je porte. Je plante quelques rosiers dans mon patio. Je veux ramener un peu de gaieté, coloriser mes jours ternes. Je ne suis ni triste ni heureuse. Je ne sens rien, je ressens le néant. Je souris à la vie, mais d'un sourire mélancolique et douloureux.

Un signe, fort, de l'acceptation de tout ce que j'ai traversé, s'abat sur moi. Quelque chose est né de tout ce désastre. Je ne me battrai plus. J'ai pris ma part du gâteau, certes, amer, mais c'est mon maktoub. Je ne résisterai plus, je veux vivre d'une façon douce et sereine. L'espérance s'éloigne et laisse, au fond de moi, une résilience aussi inévitable, qu'épouvantable. Je perçois une étrange sérénité dans mon chaos, j'ai le sentiment que rien, de plus grave, ne peut m'arriver. C'est peut-être en soi, une victoire. Réussir à s'habituer à tout, même au pire.

Les filles de Malek viennent me rendre visite, je cuisine avec plaisir, je prépare la table. Je remets de la musique, même si cela m'est interdit (je n'en ai pas le droit, pendant ma période de deuil), mais je reste Aïcha. Je n'en ai cure.

Entre confidences et petites blagues, l'après-midi est égayé pas les éclats de nos rires. Deux de mes nièces se marient. Je leur souhaite tout le bonheur du monde !

Entre délectation et félicité, je me permets de faire des youyous, moi-même, pour célébrer la nouvelle.

Un peu de répit divin… Je le pense de la sorte. Je savoure quelques instants de bonheur. Je veux les vivre profondément, intensément. Peut-être rempliront-ils le vide creusé par le chagrin ?

Peut-être…

Après ma période de blanc immaculé, je retrouve mon travail et mes collègues. Je découvre quelques changements de taille. Mes patrons se sont séparés, même les couples homosexuels divorcent. Je ne le savais pas ni ne l'imaginais. Je croyais que c'était plus simple, pour les gens du même sexe. Je crois que j'ai tort, là aussi.

Je me suis, encore, fourvoyée. Je suis encore dans l'erreur. Je crois que mon ignorance, à propos de ces nouveaux couples, me joue des tours. Encore une fois, j'ai le sentiment que certains clichés se substituent à certaines normes, dans ces cas-là. Je réalise que tout bouge !

Le riad, où je travaillais, a été vendu à un citoyen allemand. Cette fois, tout le programme change. De nouvelles serveuses sont arrivées. Elles sont vraiment belles, et bien moins timides que moi, et Khadija, la cuisinière. À présent, je gère les plannings et le personnel. Je ne sais pas si c'est une promotion, ou la première marche vers la sortie. Je me pose la question. Le nouveau gérant veut être entouré de jeunesse et de beauté, il se moque de l'expérience et des compétences. Notre nouvelle clientèle se compose, essentiellement, de la jeunesse dorée de l'Europe. Amal et Hanan, les deux jeunes filles, en charge du ménage du riad, se pavanent, draguant, ouvertement, les clients. Leur comportement, honteux, m'insupporte. Le travail, pour moi, c'est sacré. J'adresse quelques avertissements aux filles, en vain.

Je tente de m'adresser à monsieur Youssef, le gérant, dans son bureau. Mal m'en prend ! Il m'accueille avec bienveillance, mais les choses dérapent rapidement. Je lui explique la situation. Il arbore un sourire machiavélique, sa voix sonne désagréablement, son ton est agressif. Il attaque par un pilonnage en règle. Il m'explique que les temps changent, et que je fais partie de la vieille école, un clin d'œil, appuyé, à mon âge, bien évidemment.

J'écarquille les yeux, je lui réponds sèchement : « Si c'est ainsi, la modernité ou la nouveauté, je préfère largement, les vieux préceptes. » Je retourne vers la lingerie, pour tenter de reprendre mon souffle et récupérer mon sourire, pour continuer la journée. J'ai envie de me reprendre, comme si de rien n'était. Mais je glisse, je le sens bien.

La société est en train de changer, je me sens en décalage avec les nouveaux codes. Les traditions résistent à l'évolution actuelle, mais la nouvelle génération ne porte pas les mêmes aspirations. Ils sont tournés vers l'Occident et tout ce qui en vient n'est pas adapté à notre culture, mais personne ne peut stopper la force du courant. La tentation est irrésistible, sa force est puissante. Le vent souffle de l'Occident, les hommes répètent l'histoire. Les tentations viennent d'ailleurs. Encore une fois.

De plus en plus, je me sens étrangère dans ce nouveau monde. Moi, je suis très ancrée dans notre culture, nos coutumes, nos racines. Je réalise que je suis incapable de me mouvoir librement. Je me sens prisonnière. Je ne peux plus rien entreprendre.

Certaines choses sont intangibles, non modifiables.

Mais nous ? Dans ce grand maelström ?

Au travail, je me sens, de plus en plus, mise à l'écart, par le groupe de jeunes, qui s'est formé autour de Khadija, la cuisinière. Naguère, elle était mon amie et ma confidente. Elle a cessé de l'être, depuis quelque temps. Mon incompréhension est totale devant une trahison inattendue et inexplicable. Les choses glissent entre mes doigts. Un peu comme dans un rêve difficile.

J'ai toujours ressenti une sorte de jalousie, de sa part, envers moi. Tant en fonction de mon pseudo-succès, avec les hommes, que de mon statut, privilégié, au travail.

Elle figure la vieille fille, avec un visage disgracieux. Elle n'a jamais été mariée ou fiancée. Vierge à soixante ans, elle est aigrie de cette impasse dans sa vie. Hier, cela m'eût gêné de le dire, de la sorte. Aujourd'hui, je n'ai plus guère de scrupules à le formuler.

Au fond de moi, je sais que je ne vais pas rester, longtemps, à continuer d'occuper cet emploi. Je suis un électron libre, je crois que je vais partir de moi-même, je sais pertinemment que je n'ai plus ma place dans le riad. Une nouvelle fois, je ressens le poids du temps. Il me façonne, malgré moi.

Ce samedi-là, la soirée bat son plein. Les touristes entourent la danseuse au plateau, chargé de bougies incandescentes. Elle a un certain âge, mais continue à danser dans les hôtels et les riads. Rabiaa, de son prénom, se montre une heure, par lieu, jusqu'au petit matin. Une femme gentille, mère de cinq enfants. Le père de ses gamins les a abandonnés, depuis bien longtemps. Alors, elle a choisi de se battre et de porter sa progéniture, à bout de bras. Reculer ? Jamais !

Les danseuses au plateau, lors de leur jeunesse, sont majoritairement, des danseuses orientales, la beauté d'un corps bien proportionné, permet, aisément, une quasi-nudité de tenue, sur scène.

Quand elles avancent en âge, elles choisissent la robe longue et le plateau avec des bougies, de manière à attirer les regards vers la lumière. De ce fait, les flammes éclipsent la vieillesse de leur corps, autrefois exhibé et maintenant, partiellement dissimulé.

Je suis dans mes pensées, je me retire, souvent, en moi-même. Je fais défiler ma vie, elle est aussi trépidante que triste. Suis-je une sorte de danseuse vieillissante ? Quand monsieur Youssef, le gérant m'interpelle.

L'accueil est rituel : même voix désagréable, sourire hypocrite et haleine chargée d'alcool. Tous les soirs, Youssef boit les fonds de bouteilles des clients. Il me propose une nouvelle promotion… En si peu de temps ? Surprise !

Une nouvelle tâche : m'occuper de la caisse et des dépenses du riad. Une sorte de caissière au quotidien.

Il arbore un regard intrusif. Il attend ma réponse. Je le savais, il veut m'éloigner de l'équipe, encore un peu plus. Il veut m'écarter des autres, car je ne cautionne guère la manière dont les choses se déroulent, dans l'établissement. Le riad devient une maison de tolérance. Émétique ! Je suis bouleversée !

Pour couronner le tout, il veut m'installer dans un bureau minuscule et froid, sur la terrasse. En guise de réponse favorable, je souris à sa proposition, qui est, avant tout, une mise à pied déguisée. La tête me tourne. Tristesse.

Surexcitée, je décide de profiter de la soirée comme jamais. Je saute de joie, sur la musique de Gnawa, qu'encore, une fois, j'adore. Je chante à haute voix et à gorge déployée, sur la musique, douce, de l'Oud. Je lance des youyous interminables, pour un second passage de la danseuse. Sidéré, le personnel me regarde avec surprise, voire stupéfaction. « Lalla Aïcha », la discrète, la timide, s'exhibe de la sorte. Tout le monde est interpellé par mon attitude, pas moi. Je veux savourer, de toutes mes forces, mon départ. Je veux que cela soit une fête. Je quitte ce lieu, que je n'aime plus. Je veux fermer une nouvelle porte, sur cette partie de ma vie. Je me retire de cet emploi et de cette ambiance que j'ai aimés et qui ne me donnent plus que de la tristesse.

Ma dernière soirée dans le riad sera merveilleuse.

Je pars sans regret, je pars convaincue que c'est le moment, le bon moment.

Partir n'est rien, ce qui convient, savoir partir à temps. Rester le maître de son destin. L'évidence même de l'existence. S'imposer le courage de reprendre la marche en avant et le chemin de l'inconnu. Ne pas prendre le risque de se fossiliser.

Le lendemain, je présente ma démission au gérant. Précautionneux, il me demande de signer un courrier, dans le but de me priver de mes indemnités de toutes les années, passées dans le riad.

Je signe sans rechigner. Je sais qu'il ne se pose aucune question, bienvenue chez nous !

Ma vie est un perpétuel recommencement. Je suis habituée, je commence à prendre plaisir à rebondir, à chaque fois. J'apprivoise mon destin, j'ai rompu avec les questions existentielles. J'accueille les choses comme elles arrivent. Je baigne dans une sérénité étrange, mais réconfortante.

Depuis quelques jours, je songe à rouvrir la petite épicerie de mon défunt mari. Je ne conçois pas l'idée de rester à la maison sans rien faire. Je ne sais pas, et ne peux pas, être une femme au foyer. J'ai toujours travaillé et j'ignore les signes de l'âge, la fatigue du corps, son usure. À la maison, je me sens vieille et inutile. C'est l'horreur absolue pour moi. Je dois m'arrêter de tergiverser. En ce sens, je décide de me rendre, quelques jours, chez mon frère Malek pour voir ses enfants, et aussi, voir son couple se tordre et se chamailler, Warda et lui, se mènent une vie assez dure. Avec l'âge, on se supporte de moins en moins, et je ne partage pas grand-chose avec mon frère, non plus. La seule raison d'aller les visiter : mon amour, pour mon petit prince et ses sœurs. Avec elles, nous nous aimons, et nous avons la chance de pouvoir nous le dire.

C'est fou, il y a, toujours, des hommes qui viennent me demander en mariage… Bien entendu, je refuse. Je ne veux plus me marier. Je le sais maintenant, c'est sûr, je veux finir ma vie, seule, toute seule. Enfin ! je n'ai qu'un regret, à l'automne de ma vie, être sans enfants. Je crois que je ne ferai jamais le deuil de cette absence, mais j'enfouis ma douleur au plus profond de moi. Bien sûr, je n'en parle à personne. Pas question de réduire ma vie à cet échec. Il m'a été imposé pas le Tout-puissant. C'est mon fardeau, ma croix ! J'acquiesce. Résignée. Petit à petit, une idée s'immisce en moi : et si j'étais la principale responsable de ma solitude ? De mes errements ? De mes échecs ?

Je prépare mon sac, j'emporte ma djellaba noire, la plus belle. Je prends un taxi, direction Daoudiate, chez mon frère. Le chauffeur de la voiture, au bout de cinq minutes de trajet, commence à me raconter sa vie, et sans tabou. Ses disputes incessantes avec son épouse et ses problèmes d'impuissance, sans gêne. Je hoche la tête, un peu comme si je singeais ma solidarité avec lui. Je regarde à travers la fenêtre et j'écoute son monologue sans l'écouter. Je ne pipe mot. Le silence m'étreint. Je suis muette. Je me mure dans un silence épais. J'aimerais que le silence régnât, peut-être, se taira-t-il. Possible ? Impossible !

Après cette course assez improbable et complètement aberrante, j'arrive à la porte de la maison, je regarde par la petite fenêtre de l'entrée, un large sourire se dessine sur mon visage, instantanément. Je retrouve ma famille, mon seul refuge, mon dernier talisman. Ils sont en train de prendre le petit déjeuner. Les filles sautent sur moi, le garçon me prend dans ses bras. Je sens ses forces et sa détermination. Il me donne une énergie tellurique. Maintenant, c'est un homme. Mon prince devient le jeune roi de la famille et, surtout, de mon cœur. Mon cœur bat la chamade, nous rayonnons de bonheur. Je retrouve la chaleur des miens, de ma tribu. Warda et mon frère sont un peu plus mesurés, quant à l'expression de leurs émotions. Je sens, chez eux, une sorte de distance. Moi, je me sens du même âge que les filles. Nous rions aux éclats. Dominateur, mon neveu insiste pour que je mange toutes les bonnes choses, présentes sur la table. Ils veulent, tous, que je prenne des forces. Les filles me trouvent amaigrie, assez lasse. Il est probable que mon corps exprime ce que ma langue s'abstient de dire. Je me demande si c'est ma langue qui se dérobe, ou mon inconscient qui se tord. J'hésite.

Je crois que Warda est jalouse de ma relation avec ses enfants, mais elle essaie de dissimuler son animosité envers moi. En regardant les filles, je la comprends, elles ressemblent plus à moi qu'à elle, victoire !

Sans doute, ne suis-je pas neutre à propos de cette situation.

Je vois ma jeunesse et ma fougue, en elles. Je vois tout ce que j'ai rêvé pour mes enfants, en elles. J'expérimente, pour quelques jours, d'être mère par procuration, seulement quelques jours. Trop de célérité ! Un tourbillon !

Je me charge de ses sensations, qui me sont interdites. Certainement, des ingrédients magiques, les seuls qui me rendent éperdument heureuse.

Une sorte de grâce.

Après mon escapade enchantée, dans ma famille, je suis à nouveau chez moi. J'ai commencé à entreprendre des travaux dans l'épicerie. Je fais refaire les peintures, je commande une nouvelle porte, et j'achète des étagères supplémentaires. Les voisins sont intrigués par les allers et retours des artisans chez moi. J'aime à penser qu'ils croient que je me prépare, pour un cinquième mariage. Dieu m'en garde !

Dans quelques jours, ils verront le résultat. Pour le moment, leur curiosité m'amuse et je reste silencieuse sur mes projets, histoire de les laisser dans le flou quelque temps. La curiosité n'est-elle pas un vilain défaut ?

Je réalise que ma santé diminue, elle me fragilise, un peu plus, chaque jour. J'essaie de faire « comme hier », malheureusement, je ne réussis pas toujours, ce genre d'exploit.

Les choses s'accélèrent, et la petite épicerie est prête.

Un nouveau chapitre de ma vie s'ouvre. Je le sais, à l'intérieur de moi, c'est le dernier. Mon ultime trajet.

La veille de la réouverture, je soigne la venue des chalands. J'ai préparé des dattes farcies aux amandes, et du lait à la fleur d'oranger, pour l'inauguration de l'épicerie. Je perpétue la tradition chère à mon cœur. L'excellence de l'accueil !

Je suis bien installée à l'intérieur du magasin, la mise soignée, avec mes cheveux blancs, je mets un foulard. Je me suis parée de mon plus beau sourire. Les premiers clients commencent à venir. Devant moi, le plateau des dattes et les verres, chargés de lait parfumé, séduisent les arrivants. Chaque entrant a droit à ces douceurs. Le succès de mon premier jour est au rendez-vous. Je retrouve mes sensations du magasin de feue Dada Zaina. Le bonheur d'être utile et indépendante. Un vaste programme !

Ce soir-là, je dors, le sourire aux lèvres. Mon corps s'est rechargé par les paroles de mes nombreux clients et leurs compliments sur mon travail.

Pourtant l'Éternel va, une fois de plus, fracasser mon nouveau bonheur.

Les jours se succèdent entre bonheur et abattement. Chaque matin, mon miroir me renvoie un visage effondré, par le poids du temps. J'ai la nausée, le reflet de mes images m'écœure.

Toute la journée, je m'occupe de l'épicerie. Je suis la dernière, le soir, à fermer boutique dans le quartier. La vie me coule entre les doigts.

Je dois occuper mon esprit, et fatiguer mon corps au travail. Souvent, c'est la potion à mes états d'âme.

Curieusement, j'ai appris à accepter mon sort, peut-être les prémices d'un pardon, vis-à-vis de moi-même. Je me pardonne pour mes choix, mes erreurs, et j'accepte mes failles et mes brisures. Je n'ai vécu que des semblants de vie, tristement. Un semblant de bonheur, un semblant d'amour et un semblant d'existence.

Pendant toute ma vie, j'ai tenté, mais je n'ai pas réussi, à être une femme amoureuse, ou une femme mariée. J'ai voulu être mère, ce droit divin le plus fondamental, offert à une femme. Même cela m'a été interdit.

Je crois que je peux pleurer avec toutes les femmes du monde, la femme mal aimée, la veuve, l'infertile et la femme, plusieurs fois, divorcée. On est dans l'ordre de l'exploit, Aïcha !

J'ai vécu mille vies sans réussir à en vivre une seule, qui aurait été sincère, et véridique.

Je suis en recherche de répit. J'ai appris à aimer ma vie où tous les contrastes cohabitent, une vie pleine, et pourtant, d'un vide sidéral.

Passer de tout à rien.

Passer de femme à « non-genre, cérébral ».

Et je souris…

Peut-être la Clémence divine me sera-t-elle accordée un jour ?

Aujourd'hui, nous sommes vendredi, une journée sacrée. Je n'ouvre pas l'épicerie comme mon défunt mari et de nombreux commerces le font, c'est un jour de piété et de bienfaisance.

J'ai décidé de faire un couscous, pour l'envoyer à la mosquée voisine. J'ai convié toutes mes voisines, également, pour passer la journée ensemble.

Je mettrai, même, une assiette, pour les oiseaux dans mon petit patio, comme mon père le faisait. Une offrande à l'attention de mon mari. Cela fait une année qu'il est parti. J'ai envie d'honorer sa mémoire, par ce don.

À la sortie de la mosquée, après la prière du vendredi, mon couscous fait l'unanimité. Tout le monde prie pour mon mari, et moi, je me sens pleinement heureuse, en accord avec moi-même.

En rentrant à la maison, les femmes s'installent autour de la table. Je pars pour la cuisine et je rapporte mon plat, un couscous aux sept légumes et oignons confits, le lait est caillé comme le veut la tradition. Nous nous régalons !

Après avoir déjeuné dans le patio, j'ai invité mes convives au salon, pour profiter d'un peu de fraîcheur, dans ce mois d'août brûlant.

Nous nous installons, notre cercle se tient autour d'un plateau de thé et de petites douceurs. Un moment de partage, comme je les aime.

Les conversations s'enchaînent, nous commençons, par les prières pour tous nos défunts. Puis les échanges se croisent très vite. Même s'ils sont multiples et variés, nous en revenons à notre sujet de prédilection, tout naturellement, les hommes !

Chacune parle de son mari ou de son ex-époux. Brutalement, Najat une de mes voisines me demande de raconter les raisons de mes nombreux mariages. Les femmes ricanent, avant même d'entendre mes paroles. Quatre maris ? Pour mes voisines, je reste un phonème rare. Je suis presque une bête de foire, pour elles. Je ne suis ni vexée ni offensée, par leur sottise et leurs idées fantasmatiques, sur moi. Mais je ressens, au fond de moi, une forme, non pas de dédain, mais un peu de peine, dans le domaine de leurs limites et de leurs bornes.

Je confirme que je me suis régalée, en vivant ce que j'ai toujours pensé être l'expression de ma liberté. Chaque histoire, chaque relation m'a renforcée dans mes convictions.

Pour mes jouissances charnelles, je confirme que mes nuits, avec l'homme que j'ai aimé passionnément, m'ont apporté des élans de jouissance, des plaisirs intenses. Les nuits, avec mes autres maris, je les ai vécues frustrantes et pleine d'illusions. Ma franchise et ma sincérité, à ce sujet, ont provoqué un silence assourdissant. Je suis assez contente de moi.

Je souris, je verse à chacune une larmichette de thé. Je me réjouis de continuer nos conversations, si intéressantes.

« Je te ressers ? »

Après le départ de mes voisines, je me suis allongée dans mon salon, devant mon téléviseur, le sourire aux lèvres.

Je me sens heureuse de mon offrande et de ma journée si agréable. Les chansons religieuses, au programme de la télé, m'ennuient rapidement.

Je décide d'aller dormir, j'ai remarqué qu'en bougeant dans mon lit, je perçois une petite douleur, dans la poitrine, plus précisément, sur mon sein gauche et cela, depuis quelques jours.

Je crois que je vais voir le médecin, demain, pour me rassurer. La fatigue de la journée se fait sentir, je tombe dans les bras de Morphée très vite.

Le matin, de très bonne heure, le coq de la voisine et l'appel à la prière. Il me sort du lit, brutalement. Malgré ce réveil précipité, mon sommeil a été délicieusement réparateur. Je me sens en pleine forme. J'ai préparé mon café aux épices, je savoure quelques gâteaux offerts par mes voisines, je chante avec la radio. Une belle journée s'offre à moi.

À huit heures et demie, je quitte ma maison, direction le cabinet de docteur Faligant. Je ne l'ai pas consulté, depuis belle lurette.

Comme d'habitude, la salle d'attente est pleine, c'est fou ! La pièce est emplie de femmes et de bébés, un spectacle brouillonnant de vie.

Après quelques heures, pénibles, à attendre dans un brouhaha insupportable, mon tour arrive. La consultation commence par un échange amical, avec le médecin. Il m'invite à me mettre torse nu, pour subir une échographie.

Quelques minutes plus tard à son bureau, il me prescrit une biopsie. Les choses se bousculent dans ma tête. Je ne saisis pas bien la raison de ces analyses, c'est à ce moment-là qu'il m'explique que c'est assez urgent, il veut écarter l'hypothèse d'un cancer du sein. Je le regarde sans trop bien comprendre ce qu'il me dit. La pièce vacille, ma vie aussi. Je ne suis pas une mère, je ne suis pas une épouse. Un cancer ? Pourquoi ?

Je pense que Dieu veut, aussi, anéantir ma féminité.

Je ne suis pas d'accord ! Cette fois, je n'ai pas l'intention de me plier à la force du destin.

Bouleversée, je sors du cabinet. Je sue, je tremble, je suffoque. Je déchire les ordonnances et je décide de gommer cette matinée. Je la considère comme un mauvais rêve, un cauchemar. Je me dis que cette visite, chez le médecin, n'était vraiment pas une bonne idée.

Je ne veux pas savoir. Je ne veux rien savoir ! Si la vie veut s'arrêter pour moi, je m'en contrefiche. Je n'ai rien à perdre ! J'ai déjà payé, cher, certaines de mes bévues.

Je ne lâche rien, mais je ne me soumettrai pas. Je continuerai, comme si de rien n'était. Personne ne sera au courant. La vie continue. J'ai décidé !

Je hâte le pas, pour retrouver les ruelles de la médina, les odeurs des épices et du pain chaud. Ce sont les souvenirs de mon enfance. J'ai joué, ici, avec insouciance et bonheur. Ces ruelles me replongent dans les racines de mon être, de mon bonheur. Je recherche la paix de mon âme.

Je prends le temps de regarder, de scruter les murs et les gens. Je me charge de ce que Dieu fait de mon existence. La liberté de vivre à ma manière, l'élan de vivre intensément, malgré les crépuscules. L'hymne à la joie et le plaisir de vivre, sans se soucier de la fin, ou du début de la fin.

J'arrive dans mon épicerie, j'ouvre les portes, je mets un peu d'encens.

Les clients reviennent en nombre, je retrouve mon sourire et mon cœur s'apaise.

Une nouvelle journée commence.

Un jour par semaine, je visite ma famille, je profite de cette pause, pour passer du temps avec mon neveu et mes nièces. C'est là que je me sens protégée, dans ma famille, avec les miens. Nous nous faisons du henné, nous écoutons de la musique, nous nous parlons, en toute quiétude. Je cherche à évoquer des moments, ou des sensations de mon existence, qui resteront pour ces jeunes gens, comme des photos de ma vie, du temps passé, de mes expériences.

Je me fais l'impression d'être une coureuse à pied, qui passe le relais. J'aime ces jeunes êtres, plus que tout. Mon frère et son épouse leur ont donné la vie. Moi, je me suis chargée de leur âme. Aucun des compagnons de ma vie n'a eu une telle proximité, avec moi. J'aimerais qu'ils ne commissent pas les mêmes erreurs que moi. Le tout dans un bonheur absolu, et une joie inégalable, je me nourris de ces moments pour éviter de penser à ce mal qui me grignote, et à mes erreurs passées.

Certains moments de ma vie m'ont entravée, lourdement. J'ai été saignée par des conflits intimes dévorants. Mon corps est rongé par la peine, et par le crabe. Ma santé s'altère, impactant mon intérieur, et abîmant mon état de santé. Je vois la noirceur de la maladie s'emparer de moi. J'essaie de profiter de chaque moment et de dissimuler tous les signes de ma fragilité invasive. Ma famille s'inquiète, mais je les rassure, en disant que c'est l'accumulation de la fatigue. Ils font semblant de me croire. Ils ne sont pas dupes. Mais ils se taisent. Je ne pensais pas être, autant, dans l'implicite. Jusqu'où irons-nous ?

Je n'ai jamais aimé jouer la victime, j'ai toujours voulu être la maîtresse de mon destin, jusqu'au bout. La mort ne me fait pas peur. Je crois que j'ai vécu ce que je devais vivre, avec plus au moins de succès. Quand on est seul, on est moins attaché à la vie.

Et, à la fin de l'histoire, peu me chaut que la mort se rapproche. Je veux, simplement, jouir de l'instant présent, sans penser à la suite ou me préoccuper de l'avenir. Un privilège inestimable pour la femme que je suis, assoiffée de contrôle d'elle-même.

C'est plus reposant et rassurant comme guidance personnelle.

Me lamenter et naviguer vers le royaume des ombres, ce n'est pas dans mon caractère. Je peux pleurer, interroger le Seigneur sur certaines choses, toutefois, je sais pertinemment que mon vécu est le fruit de mes choix et ma volonté d'emprunter des chemins tempétueux. Je ne peux en vouloir à personne, moi, je ne me suis guère octroyé ce privilège.

Je suppose qu'il est plus confortable de trouver un coupable, pour justifier de notre malheur. Il n'est plus question de rechercher un responsable, le temps me manque, pour accabler une autre personne que moi.

Je le confesse haut et fort, même si je termine vaincue, c'est moi qui ai piloté le bateau de ma liberté, en évitant tous les naufrages dus à la soumission et à l'acceptation de vivre dans une société sexiste, profondément dirigée par les hommes et condamnée à être conduite par des mâles.

J'ai payé le prix fort pour embrasser des rivages inconnus et m'affranchir de coutumes désuètes. Je n'avais pas conscience de l'immensité de la tâche à accomplir.

S'engager corps et âme et rester digne devant l'adversité de la vie, la malédiction divine et, inéluctablement, la bêtise humaine. Un chantier immense ! Mes larmes ont accompagné mes sourires, mon abattement se mêle à ma force inépuisable de continuer.

Le décès, prématuré, de ma mère, m'a procuré, certainement, une détermination à toute épreuve. J'ai dû me fabriquer un haubert, voire une armure… Mais je n'ai pas su m'en défaire, quand le temps fut venu.

Tout cela est-il le fruit de mes propres choix ? Ou le poids du destin déguisé ? Je ne le sais pas, je ne le saurai jamais.

Les notes musicales de mon réveil retentissant dans ma chambre, elles me ramènent à mon lit.

Je viens de réaliser que mes pensées ont volé mon sommeil. Mes yeux cherchent la lumière du jour.

Je quitte ma couche sans trop m'attarder sur ce voyage nocturne, dans mon esprit, en définitive, tourmenté.

En quittant mes draps, je n'arrive pas à marcher, des vertiges s'emparent de moi. Je tombe brusquement sans rien ressentir, le corps me quitte, je suis anesthésiée. Mes yeux aperçoivent la lumière dans le patio, je regarde sans pouvoir bouger, et je ferme les yeux, en souriant. Je porte, avec moi, mon dernier rayon de soleil, et mon sourire.

J'étais fait pour vivre. Et je meurs sans avoir vécu.

Jean-Jacques Rousseau

ADDENDUM – extrait d'une lettre, trouvée dans le petit bureau d'Aïcha, lors du tri post-mortem.

Fatimazohra, Halima, Meriam, Kenza, vous m'avez accompagnée de votre grâce et de votre amour… L'une d'entre vous est le charme et la beauté, une autre est l'élégance et la distinction, une autre, encore, a brillamment réussi, dans son travail, la dernière, est une mère totale, tellement merveilleuse.

Moulay Hicham, merci à toi. Avec ton corps de guerrier grec, et ton infinie droiture, tu m'as montré comment un homme pouvait être fidèle et loyal.

Vous êtes les enfants que je n'ai jamais eus, mais je vous ai donné plus encore que si je vous avais donné le jour. Je vous ai aimé au-delà de tout. Sans limites. Et vous m'avez rendu cet amour, et votre affection.

Je vous quitte, mais c'est mon corps qui s'efface. Je reste près de vous. Je vous accompagne et je vous attends. Comptez sur ma bienveillance et ma sollicitude. Elles sont éternelles.

21/ XII/23

Imprimé en Allemagne
Achevé d'imprimer en mars 2024
Dépôt légal : mars 2024

Pour

Le Lys Bleu Éditions
40, rue du Louvre
75001 Paris